徳間文庫

貧乏神あんど福の神

死神さんいらっしゃい

田中啓文

目次

第九話　死神さんいらっしゃい　7
素丁稚捕物帳　五　手妻おそるべし　163
第十話　てんてん天魔の天神さん　235

主な登場人物

葛《かつ》幸《こう》助《すけ》

筆作りの内職で
糊口を凌ぐ貧乏絵師。

お福《ふく》旦《だん》那《な》

正体を隠し遊び歩く
大金持ち。

亀《かめ》吉《きち》

弘法堂という
筆屋の丁稚。

キチボウシ

瘟鬼。幸助の家に
棲みつく厄病神。
普段はネズミの
ような姿で現れる。

古《ふる》畑《はた》良《りょう》次《じ》郎《ろう》

西町奉行所の
定町廻り同心。

白《しろ》八《はち》

古畑の手下。

猿《さる》之《の》森《もり》進《しん》太《だ》夫《ゆう》

東町奉行所の定町廻り同心。

えびす小僧《こぞう》

金持ちから小判を奪い、貧しい人にばらまく盗賊。

与《よ》七《しち》

近江屋という質屋の息子。

和《わ》三《さぶ》郎《ろう》

博打打ち。

銅《どう》太《た》郎《ろう》

寺子屋羆舎に通う大柄な少年。

安《あ》倍《べの》穂《ほ》賢《けん》

陰陽師・安倍晴明の傍流の末裔。

イラスト：山本重也

デザイン：ムシカゴグラフィックス　鈴木俊文

第九話

死神さんいらっしゃい

夜空をカミソリでえぐったようなか細い月が出ている。月は江戸堀《えどぼり》の川面《かわも》にその影を落とし、波に合わせてゆらゆらとゆらめいている。川の北側には各大名家の蔵屋敷が立ち並んでいるが、今は昼間の喧騒《けんそう》が嘘のように静まり返っている。

雲に抗《あらが》っていた月がとうとうどっぷりと呑み込まれ、あたりに闇が落ちた瞬間、堀の南側に面した商家の白塀のうえに黒い物体がぬうと現れた。黒装束に身を包み、黒い手ぬぐいで頬《ほお》かむりをした男だ。危なげなく身をかがめ、猫のように塀を進む。背中になにかを背負っている。

「ちょろいもんだ。大店《おおだな》のなかには財産を奪われぬように警固を厳重にして、寝ずの番まで置いてるところもあるが、この店は見掛け倒しだったな。まえに調べたとおりだ。一旦、入ってしまえば盗人《ぬすっと》のやりたい放題。どこでなにをしようと見咎《みとが》められる心配はない。へへ……今夜もたんまりいただいたぜ」

月が雲を抜け、光が男を照らした。頬かむりから鋭い目がのぞいている。男はひらりと道に飛び降りた。背中に背負《しょ》ったものがじゃらんと音を立てた。どうやら千両箱らしい。どこかで犬が吠《ほ》えた。聞くなり、男は走り出した。小右衛門町《こうえもんちょう》にある裏長屋のまえまで来たとき、

「ここにするか。いかにもおあつらえ向きの貧乏長屋だ……」

そうつぶやくと「柚左衛門店《ゆざえもんだな》」と書かれた木戸を乗り越え、千両箱を下《お》ろす。ふところから小さな「えべっさん」の面を取り出して顔につけると、千両箱の鍵を壊して蓋《ふた》を開《あ》け、なかから小判を掴《つか》み出した。

「さあさあ、えびす小僧の大盤《おおばん》振《ぶ》る舞《ま》いじゃ！　今宵《こよい》も小判の雨が降る！　えびす小僧は小判がお好き。けど、えびす小判じゃのうて本物じゃ。さあ、もろたもろた！」

その声を聞くや、長屋の戸がつぎつぎと開いた。

「うおおーっ、えべっさんのご降臨《こうりん》や！　ありがたやありがたや！」

「えびす小僧さま！　よう来てくださった！」

えびす小僧は摑んだ小判をまるで餅でも撒《ま》くかのように一軒ずつ放り込んでいく。一軒につき、二、三枚だ。ちゃりんちゃりん、ちゃりんちゃりん……という音があちこちに響き、長屋は時ならぬお祭り騒ぎになった。

「えべっさん！　うちにも頼んまっせ！」

「こっちにもちょうだい！」

「あ、おまえ、さっきももろたやろ。えべっさん、こいつ、二重取りだっせ」

「こらこら、黙っとったらわからんやないか。このガキ！」

「どつきよったな！　おまえもこうしたる！」

えびす小僧は笑いながら、

「喧嘩《けんか》すなよ。それではまた会おうぞ」

小判を全部撒き終えたえびす小僧は、千両箱をその場に捨てると、身をひるがえして走り出した。長屋のものたちは皆、涙ながらにその後ろ姿を伏《ふ》し拝《おが》みながら、

「ああ……えべっさん、おおきに……おおきに」

「また来とくなはれ」

走り去ろうとしたえびす小僧のまえに、ふたつの影が現れた。えびす小僧はぎょっとして立ち止まると、咄嗟《とっさ》に長屋の板塀のまえにうずくまった。影のうちのひとつは、着流しに黒い羽織を着た武士だ。おそらく歳《とし》はまだ二十代半ばだろう。ヘチマのように長い顔で、顎先《あごさき》が湾曲《わんきょく》している。大小のほかに、帯に十手《じって》を差しているから、町奉行所の同心に間違いない。もうひとつは提灯《ちょうちん》を手にした目明し風の男である。ふ

たりともしたたかに酔っているようで、よろよろと千鳥足でこちらに向かって歩いてくる。もちろんえびす小僧には気づいていない。

「旦那……ねえねえ、古畑《ふるはた》の旦那」

「なんだ、白八《しろはち》」

「まだ飲みますのか。たいがいにせんと、また明日、遅刻してお頭《かしら》にどなられまっせ。こないだきゅうきゅう絞られたばっかりやおまへんか。今日はおとなしく家に帰って、ねんねしなはれ」

「なんだと？　おまえ、手下のくせに私に意見するのか。さっきはほんのちょっと、唇を濡らしただけだ。今から本気で飲むのだ」

「一升五合《いっしょうごんごう》も飲んで、唇濡らしただけとはよう言いまんなあ。顔も長いさかい、唇もでかいわ」

「やかましい。そんなこと言うならひとりで飲む。おまえはここで帰れ」

「そうはいきまへん。旦那が酔いつぶれて道で寝たりせんように見張ってるのがこの白八の役目だす。連れてってもらいまひょか」

「いつ私がそんな無様《ぶざま》な真似をした？」

「お忘れだすか？　昨日の晩だっせ。大川端《おおかわばた》の屋台の煮売り屋を出たところで、くたくたっ……となって座り込んで、ヘドついてお着物を汚したのをこのわいが……」

「そんなことは覚えておらぬ。この先の雑喉場《ざこば》の裏手に、ツケのきく居酒屋がある。そこに行くが、おまえはどうするのだ」

「いや、それはもうしゃあないさかいお供させてもらいますけどな」

「行くのかい！」

「けど、ツケがきく、いうたかて、いつもの調子で踏み倒しますのやろ。タダ酒やおまへんか」

「ひと聞きの悪いことを言うな。主《あるじ》が、いつもお世話になっているお役人さまからお代はちょうだいできません、と金をとらぬのだからしかたあるまい」

「向こうからそんなことを言うたんですか？」

「いや……言うているような目をしておった」

ふたりがふらつきながらやってくる。えびす小僧は姿勢を低くし、顔を塀に押し付けて顔を見られぬようにしていた。しかし、白八が酔眼《すいがん》を見開いて、

「おや……旦那、そこにだれかいてまっせ。おい、おまえ……なにしてるんや。具合でも悪いんか？」

古畑が、

「放っておけ。どうせ酔っ払いだろう。そんなことより早く居酒屋に……」

「いや、そうやおまへんやろ。これはもしかしたら……」

　白八が提灯を掲《かか》げながら近づいていき、

「そこの野郎、面《つら》ぁこっちに向けんかい」

　えびす小僧は急に立ち上がった。白八は仰天《ぎょうてん》して、

「うわあっ、こ、こいつ、えびす小僧だっせ！」

「なに？」

　古畑はじっと男の顔を見た。えべっさんの面……。

「まことだ！　見つけたぞ、えびす小僧、この……この……このわた……」

　白八が、

「旦那、このわたで飲むのは今度にしなはれ」

「そうではない。このわた……この私が西町奉行所にそのひとありと知られたる最強敏腕同心古畑良次郎《りょうじろう》だ。ふふふ……大坂を荒らしまわる怪盗め。ここで私に逢《お》うたのが貴様の運の尽き。今宵が年貢の納めどきだと知れ！」

　そう叫んで十手を抜いた。えびす小僧は踵《きびす》を返すと、長屋の路地へ飛び込んだ。

「あっ、待て……！」

古畑と白八はあとを追う。しかし、ふたりのまえに十人ほどの男女が立ちはだかった。長屋の連中である。

「おまえら、えべっさんになにするのや」

「知れたこと。捕《つか》まえて手柄にするのだ」

「そうはさせへんで。えべっさんに指一本でも触れてみい。わしらがただではおかんぞ」

そう言うと指の関節をぺきぽき鳴らしながら古畑と白八に近づいてくる。なかには鍋や箒《ほうき》を手にしたものもいる。古畑はへっぴり腰で十手を持った手だけをまえに伸ばし、

「き、貴様ら、盗人をかばうなら共犯も同様。片っ端から召し捕《めと》るから覚悟いたせ」

「おう、召し捕るつもりなら召し捕ってみい。そのかわり、少々痛い目に遭《お》うてもらうで」

「なに？　お上《かみ》に手向かいすると申すか。不届きなやつ。――白八、こやつらをひっくくれ」

「旦那がやりなはれ」

「おまえがやれ」

長屋の連中はふたりを取り囲み、じわじわと輪を狭《せば》めてくる。顔色を変えた古畑が、

「貴様ら、どうせ小判をもろうたのだろう。だがそれは盗みで得た不浄《ふじょう》の金だぞ。なにゆえ悪人の味方をするのだ」

そう叫ぶと、職人らしいひとりの男が、

「悪人やと？　えべっさんはわしら貧乏人にとっては生き神さまなんや！」

隣にいた中年女も、

「そやそや！　金がない、米がないて言うたかてお上は助けてくれん。えびす小僧はな、危ない橋を渡ってわてらに小判をくれるありがたいありがたーいお方や」

べつのひとりが、

「わしらの困ってるときにはなんにも助けてくれず、タダ酒飲み歩いてるようなアホな役人がえらそうなこと抜かすな！」

白八が思わず、

「おまえら、なんでそれを知ってるのや！」

古畑が、

「いらぬことを言うでない！」

そのとき、

「こんな夜中に集まってなにをしておる！」

鋭い一喝《いっかつ》が響き渡った。皆がそちらを見ると、いかつい顔の武士が立っていた。着流しに雪駄《せった》履き。手には十手を握っている。これまた同心だ。その顔を見た古畑が、

「おお、貴殿は東町の猿之森《さるのもり》殿！」

眉が太く、大きな鼻が顔の真ん中にあぐらをかき、唇は太い。歳は三十半《なか》ばであろうか。えびす小僧の捕縛《ほばく》に命を懸《か》けており、惜《お》しいところまで追いつめたことも二度、三度ではないが、結果としては取り逃がしている。えびす小僧の好敵手として大坂はおろか京や江戸にまでその名は知られており、「えびす小僧対猿之森同心」という錦絵が描かれたこともあった。もちろん主役はえびす小僧であり、猿之森は憎々しげな悪役面になっていた。

「いかにもわしは東町奉行所定町廻《じょうまちまわ》り同心猿之森進太夫《しんだゆう》だ。おぬしも同心のようだが、西町のものか」

「私は、西町奉行所定町廻りの古畑良次郎と申します」

「ふん、聞いたことのない名前だな。きのう今日、同心株を買った新参者であろう」

「とーんでもない。わが古畑家は先祖代々大坂の地にて同心として奉公しておりまして……」

「どうでもよい。ここでなにをしているかときいておる」

「じつは怪盗えびす小僧がこの長屋で小判を撒いた様子……」

「な、なにっ！」

猿之森は血相《けっそう》を変えた。

「奥へ逃げ込んだので召し捕ろうとしたところ、こやつらが不埒《ふらち》にもかばいだてしようといたすゆえ、今、諄々《じゅんじゅん》とひとの道を説《と》いておりましたのでございます」

「そうか、それはご苦労。虫が知らせたというのか、日課の夜回りの道筋、今宵は雑喉場の方にしようと思うたのが大当たりであった。――あとはわしが引き受けたゆえ、帰ってもよいぞ」

「は……？」

「もう、おぬしの役目は済んだ、と言うたのだ」

「しかし……それではその……私の手柄が……」

「手柄だと？　今月の月番はどこか知らぬのか」

「えっ？　それは……東町でござる。なれど、月番とは公事沙汰《くじざた》の受付をする当番というだけにて、かかる賊徒《ぞくと》の事件についてはどちらが担当してもかまいますまい」

「やかましい。見ればまだ若造のくせに、わしに口答えするのか。おぬしの上役《うわやく》はだれだ。うちのお頭を通じて、西町奉行におぬしの言動を報告しようか」

「とんでもない。そんなことをされては迷惑千万《めいわくせんばん》」

「ならば引っ込んでおれ。えびす小僧はわし以外の手に負えるようなタマではない。出しゃばるな」

「は、はい……」

猿之森は長屋の連中のまえに進むと、

「貴様ら、どけ、どけい！　えびす小僧はどこに行った」

だれも下を向いて答えない。猿之森はひとりの男の胸ぐらを摑んで、その場にひきずり倒し、雪駄で後頭部を踏みつけた。

「痛ててて……なにするのや！」

「隠し立てするつもりなら、命を捨てる覚悟でやることだ。それを教えてやろうと思うてな」

「痛い痛い痛い、マジで頭が割れる。やめてくれえっ」

男の女房らしき女が、

「うちのひとになにするのや！」

猿之森にむしゃぶりつくのを突き飛ばし、尻もちをついたところを十手で打ち据え

た。白八が古畑に、

「怖いおひとやなあ……。なんぼなんでもちょっとやりすぎとちがいますやろか」

「そ、そうだな……」

「旦那が止めた方がええんやないですか」

「私がか……？」

古畑は猿之森に近づこうとしたが、すぐに引き返し、

「無理だ。怖すぎる」

「あかんなあ……」

猿之森は、倒れた女にしがみついている少女に十手を突きつけ、

「おい、娘。えびす小僧はどこに行った。言わぬとおまえの母親のあばら骨が砕《くだ》けても知らぬぞ」

少女は真っ青になって首を左右に振る。

「ふふん……言わぬか。えびす小僧はよほど貧乏人に慕《した》われておるようだな。だが、わしはやると言うたら本当にやる」

猿之森が女に向かって十手を振り上げたとき、少女が泣きながら、

「そこの路地のいちばん奥に入っていった……」

「そうか。よくぞ申した。それでよい。それでよいぞ。おまえは盗賊の召し捕りに貢献《こうけん》したのだ」

そう言って猿之森はにやりと笑った。少女は泣き伏した。

「この路地は突き当たりが行き止まりになっておる。やつめ、袋のネズミだ。逃げられはせぬ」

猿之森は路地に入っていった。左右の家に一軒ずつ踏み込むと、なかを調べる。しかし、えびす小僧らしき姿はない。いちばん奥まで調べ上げたところで、猿之森は怒気《どき》をあらわにし、

「どういうことだ。どこにもおらんではないか！」

井戸のなかまでのぞきこんだが、見あたらない。

「くそっ、彼奴《あいつ》め、南蛮手妻《なんばんてづま》でも使《つこ》うたか……」

ひとりの老婆が、

「あんた、アホやなあ。えべっさんやったら、あんたが来るまえに、こっちのお役人をわてらが取り囲んでるときに、屋根に跳び上がって、わてらの頭のうえを表に向かって引き返していきはったわ。今頃はさぞかし遠くまで逃げおおせてるこっちゃろ」

「な、なに！」

猿之森は長屋の屋根を見上げ、

「そ、そうか、やつほどの身軽さならば……」

さっき引きずり倒された女が、

「なんでわてらがおとなしゅうあんたみたいな腐れ役人にどつかれてたかわからんのか。えべっさんを遠くへ逃がすためやないかいな。アホー」

猿之森は舌打ちをして、

「くそっ……またしても……」

長屋の連中は大笑いして、

「とっとと帰れ！」

「そうじゃ、えべっさんを召し捕るやなんて百年早いわ」

「ひゃっひゃっひゃっ、ええ気味や。去《い》ね去ね！」

猿之森は、

「たわけ！　まだわしにはやるべきことが残っておる。貴様ら、えびす小僧から小判をもろうたであろう。それをここに出せ」

皆は下を向いて押し黙った。

「盗みによって得た金を所持するのは盗人の一味であるも同じ。召し捕って入牢させるからそう思え」

　しかし、だれも動こうとしない。

「そうか……ならば、仕方がない」

　猿之森は手近にいた若い男の右腕に十手を叩きつけた。

「ぎゃあっ」

　男は腕をだらりとさせた。骨が折れたようだ。一同は蒼白《そうはく》になって男を見つめた。

「茂一《もいち》さん、だいじょうぶか！」

　茂一と呼ばれた男は、

「痛い痛い……明日から筆づくりがでけへんがな……」

「ふふふ……身から出た錆《さび》だ。金を出さぬなら、左腕もへし折ってやるが、どうだ」

　男は転がるようにして自分の家に入り、すぐに出てきた。左手に小判三枚を持っている。猿之森はそれを受け取ると、

「ほかのものも不浄の金を持ってこい。さもなくばこの男のような目に遭うぞ！」

　皆は顔を見合わせたあと、そそくさとそれぞれの家に入っていった。たちまち猿之森の手もとには大量の小判が集まった。彼はそれをふところに入れると、

「もうないか。返していないことがあとでバレたらそのときはどうなるか……」

そう言いながら猿之森はひとりの女に歩《あゆ》み寄った。

「おい、女……」

「なんだす？　お金は今、返しましたで」

「貴様、震《ふる》えておるようだが、まだ小判を隠していよう。出せ！」

「す、すんまへん……うちの子がえらい病《やまい》になって、何日も熱が下《さ》がりまへんのや。医者に診《み》せたらニンジンとかいう薬を飲ませたら治るけど、値《ね》が高いからあきらめろ、て言われました」

「金がなくば、家主《いえぬし》から借りるがよかろう」

「家賃をかなり溜《た》めてますさかい貸してくれまへん。えびす小僧がくれたこのお金があれば、うちの子が助かります。お願いやから見逃《みのが》しとくなはれ」

「ならぬ！」

猿之森はその女の顔を平手打ちにした。

「うへっ」

近くで見ていた古畑が自分が叩かれたように顔をしかめた。

「子どもの薬代だろうがなんだろうが、その金には正しい持ち主がべつにおる。貧乏な家に生まれついたのがその子どもの不運と諦《あきら》めるのだな」

女はしかたなくふところから小判数枚を取り出し、泣きながら猿之森に手渡した。

「やはり隠しておったか。わしの目はごまかせぬわい。はっはっはっはっ……」

猿之森は鷹のような目つきで一同を見渡すと、

「もうおらぬだろうな。言っておくが、もし不正な金を所持《しょじ》しておるのが露見《ろけん》したときは、わしの吟味《ぎんみ》は厳《きび》しいからそう思え。――そこの西町の同心」

猿之森は古畑に目を向け、

「この事件はわしが扱《あつか》う。おまえは手を出すではないぞ」

「え？　えびす小僧を見つけたのは私ですが……」

「うるさい！　おまえはコソ泥やひったくりの詮議《せんぎ》でもしておれ。えびす小僧はわしが召し捕るのだ。わかったか！」

唾《つば》をまき散らしながら古畑を怒鳴りつけると、猿之森は長屋を去っていった。しばらくはだれも言葉を発しなかった。やがて、さっき猿之森に頭を踏まれた男が、

「せっかくえべっさんがくれはった金やのに、あんなやつに持っていかれるやなんて腹立つなあ」

「ほんまや。血も涙もないやつや。えびす小僧とは大違いやがな」

「町奉行所ゆうのはわてら下々のもんを守ってくれるためにあるのやないのか。わて

らの気持ちなんぞちょっともわかってないやないか」

子どもが病気だと言っていた女は、

「あのお金をもろたときに、よかった、これでたあ坊が助かる、て思てしもた。思てしもただけに、よけいにつらいわ……」

古畑がその女のまえに行き、

「おい、女……」

皆がキッとして、

「なんじゃい、町役人。まだなにかあるんか。もう金は全部あの同心に渡したで」

「そうではない……」

古畑はふところから紙に包んだものを取り出し、

「ここに小粒で銀二朱ある。小判というわけにはいかぬが、これを子どもの薬代の足《た》しにしろ」

「えっ……」

「と申してもな、私も金がない。情けない話だが、これはやるのではなく、おまえに貸すのだ。いつか返してくれ。それでもよかったら使うてくれ」

「ありがとうございます。けど……これではまるで足りまへんのや。お気持ちだけちようだいいたします」

「いや、足しにしてくれ、と申したまでだ」

女はその紙包みを伏し拝んで受け取った。

「わてはりつと申します。宿に先立たれて、針仕事をして暮らしております」

歳は、まだ二十代と思われた。

「あの……お名前は？」

「私か？　私は西町奉行所の同心で古畑良次郎というものだ」

「ありがとうございます、ありがとうございます」

古畑は女から顔を背け、

「白八、ちょっと来い。えびす小僧が屋根に跳び上がったという場所を検分《けんぶん》するぞ」

そう言うと先に立って、路地の突き当たりに足を運ぶと、地面を調べはじめた。

「なにしてますのや、旦那」

「えびす小僧の足跡がないか探しておる」

「猿之森が踏み荒らしてしもたさかい、もうわかりまへんなあ。けど、『おまえは手を出すでない』て言われてましたがな」

「あそこまでうえから言われては、西町奉行所の名折れになる。私が先にえびす小僧を召し捕って、あやつの鼻を明かしてやるのだ」

「はあ……無理やと思うけど……」

「なにか申したか」

「いえ、なにも」

そのとき、なにかが屋根から落ちてきて、古畑の頭に当たった。

「痛っ……！　なんだ、これは」

それは呼子《よびこ》の笛だった。古畑は舌打ちをして笛をふところにしまい、

「今日はどこまでもついておらぬわい」

古畑はなおもしつこくあたりを調べていたが、やがてため息をつき、

「私はこういう地味な仕事には向いていないようだな」

「へえ、それはわいもまえから思てました」

古畑は白八とともに長屋を出た。

「せやけど旦那、急にどないしましたんや、ひと助けなんぞして……。旦那には似合いまへんで」

古畑は手ぬぐいで汗を拭《ふ》き、

「私もそう思う。慣れぬことをするのは照れくさいものだな」

「ひとからもらうことしか考えてないケチのなかのケチみたいな旦那が、見ず知らずのものに金を渡すやなんてまるで善人みたいで……いやはや驚きました」

古畑は苦笑《くしょう》して、

「私も驚いておる。だが、今の長屋の連中に、町奉行所の役人がみんなあんなやつばかりと思われるのも癪《しゃく》ではないか」

「そうだすなあ。けど、かなりの貧乏長屋だすさかい、いつまでも返しよらんかもしれまへんで」

「そのときはそのときだ。また、どこかで袖《そで》の下やらタダ酒やらをせびるわい。――飲み直しだ。ついてこい」

「へいっ」

白八は提灯に火を入れた。

◇

「許せよ」

上難波町《かみなんばちょう》にある小間物屋の店先にひとりの侍が立った。番頭も置かず、主が丁稚《でっち》とふたりだけで店を切り盛りしているような小さな店である。さっそく主が手もみをしながら応対に出た。相手は、格子柄《こうしがら》の着流しに黒の羽織《はおり》といういで立ちで、髷《まげ》は小銀杏《こいちょう》に結《ゆ》っている。額《ひたい》が張り出し、目鼻は顔の下半分にまとまっている。主はその侍が町奉行所の同心だと見てとった。

「これはこれはようこそお越しくださいました。今日はどういった御用で?」

「うむ。おまえ……わしがなにに見える?」

「なにって、その……町奉行所のお役人でございましょう」

「なぜわかった?」

「帯に差しておいでの十手がなによりの証拠でございます」

「るははは。目ざといのう」

侍は妙な笑い方をしたあと大仰にうなずき、

「いかにもわしは町奉行所の同心平田平兵衛《ひらたひらべえ》と申す。以後、見知りおけ」

「へえ……」

主は、二十歳《はたち》そこそこのその侍がなんの用で来たのかはかりかねていた。御用の筋《すじ》なのか、それともただの買いものなのか……。

「主、ここにある珊瑚玉《さんごだま》のかんざしだが、なかなかよいもののようだな」

「お目が高い。これは本鼈甲《ほんべっこう》の二股《ふたまた》かんざしで、これだけ大きくて傷のない珊瑚玉が付いているのは珍しゅうございます」

「いくらだ？」

主が値を言うと、

「なるほど、それぐらいはするだろうな。では、求めてつかわす。包んでくれ」

「ありがとうございます！」

「ただ、今は町廻りの最中ゆえ金を持ち合わせておらぬ。二、三日したら町奉行所に取りにきてくれ。西町奉行所の平田平兵衛だ」

「え……さようでございますか。じつはうちはどなたさまにかぎらず現金でお願いしておりまして貸し売りはお断わり願《ねご》うております」

「なに？　わしは同心だぞ。同心の言《げん》を信用できぬと申すか！　痩《や》せても枯《か》れてもこの平田平兵衛、お上に仕《つか》える身。けっして踏み倒すような真似《まね》はせぬ。奉行所に来て、門番に平田平兵衛と言うてくれればすぐにわかるようにしておく。それともなにか？　わしが嘘をついているとでも……」

「いえいえ、そのようなことはございませぬが、でも……」

「くどい！」

平田と名乗った男は十手を抜いて小間物を並べている台を叩いた。かんざしや櫛《くし》などが台から落ちそうになった。

「掛けで売るのか売らぬのか、どっちだ！」

「わ、わかりました。お売り申します。そのかわり、証文にお名前をちょうだいしたいと存じますが」

「るははは……これが証文代わりだ！」

平田は十手の先端を主の喉《のど》に突き付けた。

「ひえっ」

「証文だのなんだのと、わしに恥をかかせる気か」

「いえ……どうぞお持ちくださいませ」

「そう、それでよいのだ」

平田は声をひそめ、

「じつは今夜、これを渡してやりたい女子《おなご》がおるのだ。わかってくれい。るははは……」

またしても妙な笑い方をすると、主が包んだかんざしをふところにして悠々《ゆうゆう》と歩き去った。

◇

大坂は福島羅漢《ふくしまらかん》まえの裏通りにある通称「日暮らし長屋」の一軒に葛幸助《かっこうすけ》が帰ってきたのは、そろそろ夕刻という時分だった。木戸が夕焼けして赤く光っている。まだまだ暑さは峠を越していないようだ。十日ぶりのご帰還である。

「久々に見ると、たしかにおんぼろだな。よくこんなところに住んでいるもんだ、俺たちは……」

幸助はそうつぶやいた。なかにいるとあまり気にならないが、外から見ると、長屋というより廃墟のようである。天井や壁に穴が開《あ》いているのは当たり前で、なかには床にまで穴が開いている家もある。寝ているあいだにその穴に落ちてしまい、

「モグラやないんやから」

と言いながら這《は》い出してくる……というのはこの長屋でないと経験できない。柱が歪《ゆが》み、床も壁も傾き、まっすぐ立っていられない家もある。酔っぱらったように頭がくらくらするが、

「しばらくしたら慣れる」

のだそうだ。とても人間の住処《すみか》とは思えない場所だが、じつは大勢の住人がいる。「日暮らし長屋」という、ちょっと聞くと風流そうな名前は「その日暮らし」から来ている。住んでいるのはろくでもない連中ばかりで、なかにはいんちき占い師、女相撲の力士、博打《ばくち》打ち、窩主買《けいずか》い（故買屋《こばいや》）、チボ（掏摸《すり》）、ボリ屋（ぼったくり）、ゆすり屋、偽医者、詐欺師《さぎし》……などもいる。共通しているのは金がないことで、年がら年中ぴーぴー言ってる。こういう長屋の家賃は月ぎめではなく、いわゆる「日家賃」である。家賃は毎日日暮れに家主《いえぬし》のところに持っていかねばならない。しかし、出商売のものは、雨や病気のときは仕事ができず、無収入になる。そういうとき、この長屋の家主である藤兵衛《とうべえ》は「出ていけ」とは言わない。ぶつくさ言いながらも、飯を食わせてくれたり、ときには医者代を出してくれたりする。だから皆、どんなに家がぼろぼろでも住み続けているのだ。

「かっこん先生、久しぶりやな」

井戸端で大根を洗っていた老婆が顔を上げた。幸助の右隣りに住む糊《のり》屋のとらである。

「ああ、十日ほど家を空けていた。留守中、なにかなかったか？」

「さあ……わてはなにも聞いてないなあ」

　幸助は売れない貧乏絵師である。かつてはさる大名家のお抱《かか》え絵師だった。主君の不興《ふきょう》を買ってクビになり、やむなく大坂に出てきたのだが、絵の注文はほとんどなく、あっても瓦版の挿《さ》し絵《え》ぐらいなので、食うための手立てとして筆づくりの内職をしていた。収入のほとんどは筆づくりで得ていたから、本業のようなものだ。仕事は弘法《こうぼう》堂《どう》という筆屋から回してもらっているのだが、今では職人としての腕も上がり、弘法堂の信頼を勝ち得ている。

「弘法筆を選ばず」というが、幸助は絵師として筆にはこだわりがあった。それゆえ手習いの子どもが使う安い筆であってもていねいに作るべきだというのが幸助の考えだった。

「もう用事は済んだんか？」

「いや、まだだ。また何日かしたら戻らねばならぬ。寺子屋の先生というのも骨が折れるもんだな」

　幸助の友人に、姫隈桜之進《ひめくまおうのしん》という人物がいる。優し気な名に似合わず、上背《うわぜい》は六尺を越え、腕も太く、胸板も厚く、筋肉で肩も盛り上がっている。手足や胸に剛毛《ごうもう》が生《は》えており、髭面《ひげづら》で、髭のなかに目と唇が埋まっている。どこから見ても戦国時代の豪《ごう》傑《けつ》のような男だが、気は優しくて力持ちという言葉どおりの好人物なのだ。

元はある大名家で藩士の子弟に教育をほどこす仕事をしていたのだが、あるとき一《いち》念発起《ねんほっき》して城勤めを辞《や》めた。侍株を売り払い、大坂に出て来ると、その金で寺子屋を開いた。場所は南久宝寺《みなみきゅうほうじ》通りで難波《なんば》神社の裏手である。

姫隈はある日突然、幸助の家を訪ねてきて、

「おぬしは絵師だそうだな。じつはわしは此度《こたび》、寺子屋を開業することにした。しかし、金がない。子どもたちのために安い筆をたくさん仕入れねばならぬゆえ、どんな悪い筆でもかまわぬから、使い古しの筆を安価に分けてくれぬか」

「弘法筆を選ばず」というが、絵師として幸助は筆を大事な道具と考えていた。たとえ手習いの子どもが使う安い筆であっても、気持ちよく使ってほしい、との思いで日々、筆づくりに心を込めていた。粗悪《そあく》な筆は文字の上達を妨《さまた》げる。そのことを言うと、姫隈は豪快に笑って、

「わしもそうしたいが、剣術道場だった古いぼろ家を買い取ったので一文なしなのだ。雨漏りはするし、床は根太《ねだ》が腐っておるし、壁は竹刀《しない》の跡で穴だらけだが、修繕もできぬ。明日が初日なのだが、寺子屋を開くには場所だけでなく、筆も紙も硯《すずり》も墨もいるということを忘れておってな……」

計画性がないにもほどがある。幸助は姫隈のことが気に入った。

「ははは……心配いらぬ。俺の古い筆を全部やる。修繕すればまだ使えるぞ」

幸助は、筆の修理の方法を教え、硯なども弘法堂に掛け合って安く買えるように計らってやった。それ以来、ときどき会っては数刻を過ごす間柄《あいだがら》になったのだ。

寺子屋は無事開業した。筆子《ふでこ》（寺子屋の生徒）も大勢集まり、見かけでひとを判断せぬ子どもたちは姫隈のことを「ひぐま先生」と呼んで懐《なつ》いているらしい。寺子屋の名も「羆舎《ひぐましゃ》」となった。

「ひぐま先生とはぴったりの名だな。俺も、本来の号は『葛鯤堂《かっこんどう》』というのだが、近所の子どもからは『カッコン先生』と呼ばれている。風邪にも効《き》かぬ葛根湯《かっこんとう》という洒落《しゃれ》だそうだ。弘法堂の丁稚からは『貧乏神』と呼ばれているから、まだ、葛根湯の方がましだがな」

「子どもはけっこうきついことをずけずけ言うからのう」

姫隈は酒を一滴も飲まぬので、ふたりはもっぱら餅を食っては語り合うのだった。

そんな姫隈が、鬼の霍乱《かくらん》とでも言おうか、急な病で寝込んでしまった。医者によると、半月ほど寝ていれば治るそうだが、そのあいだ寺子屋を閉じねばならない。だれか代理で先生をしてくれるひとはいないか……ということで幸助に白羽の矢が立ったのである。

「先生は先生でも寺子屋の先生もできるのやな」

「なかなかどうして。あんなにたいへんだとは思わなかった」

寺子屋は早朝から夜遅くまで開いている。いつ来るかは筆子によって違う。好きなときに来てよいのだ。勉強する内容も、手習いだけではない。いろはの習得からはじまり、ひらがな、かたかな、漢字……と進んでいく。方角、地名、人名、和歌、唐詩、日本や中国の歴史、手紙の書き方なども学ぶ。また、四書・五経などの素読《そどく》（声を出して暗唱《あんしょう》し、暗記すること）、そろばんを使っての算数、時候《じこう》の挨拶《あいさつ》、囲碁・将棋……身につけるべき学問はいくらでもある。

また、筆子と一対一で文字を教えるときには、師匠は机を挟《はさ》んだ形になるから、「倒書《とうしょ》」といって字を逆さに書けねばならなかった。手本はほとんど姫隈が作ったものを使ったが、ときには自分でも作らねばならず、寝る暇《いとま》もない。

「近所のものが食事の支度や姫隈の看病を手伝うてはくれるが、俺も慣れぬことゆえどうしても時間がかかる。ああ、くたびれた」

「それって金になるんか？」

「馬鹿を言え。束脩《そくしゅう》（謝礼）として金を持ってくる親などおらぬ。ほとんどが大根やかぼちゃだ」

「ほな一文にもならんのか」

「そういうことだ」

　この十日間は筆づくりの内職ができないから弘法堂にそう言ってある。つまり、収入がないのだ。自分でもよくこんなことを引き受けたものだと幸助は呆《あき》れていた。

「そらご苦労さんなことや。今日は久しぶりに家でゆっくり休みなはれ」

「ああ、そうさせてもらう」

　幸助はおのれの家の戸を開けた。草履《ぞうり》を脱いで上がり込むと、狭い部屋の奥の暗がりに爛々《らんらん》と光るふたつの目があった。

「やっと帰ってきたか」

　そう言いながらのそのそ這い出してきたのはネズミに似た小動物だった。小動物はくるりと一回転して、同じくネズミぐらいの大きさの老人に変じた。白いだぶだぶの着物を着て、ねじれた杖《つえ》を持っている。頭のてっぺんは禿《は》げているが、左右に髪を長く垂《た》らしている。鼻は天狗のように長いが先端は尖《とが》っている。目はまん丸で、前歯二本が突き出している。

「また何日かしたら行かねばならぬ」

　幸助が欠伸《あくび》をしながらそう言うと、老人は皮肉な口ぶりで、

「よほど向こうの飯が美味《うま》いらしいな。我輩《わがはい》も相伴《しょうばん》したいものじゃ」

「とんでもない。麦飯に味噌汁と漬けもの。ずっとそればかりだ。姫隈は酒を飲まぬから、一滴も飲めなかった。とりあえず寝酒を一杯だけ飲んで今から寝るから、起こすなよ」

「帰ってきたと思ったらすぐに酒か。しかし、このうちに酒はないぞよ」

「酒ならたんとあったはずだ。スルメもな」

「あんなものはすぐに飲んでしまった」

「一斗樽《いっとだる》を置いていったのだぞ」

幸助が土間《どま》に据《す》えてある樽《たる》をのぞき込み、ため息をついた。

「一滴もない。おまえは遠慮ということを知らぬのか」

老人はキチキチッ……と妙な笑い声を立てると、

「我々悪神の字引きに遠慮の文字はないぞよ」

この老人は瘟鬼《おんき》……すなわち厄病神《やくびょうがみ》である。厄病神は、災厄、禍事《まがごと》を引き起こしている、と思われているが、じつはそうではない。厄病神には「引き起こす」ような力はなく、この神がいると、災《わざわ》いが勝手にそこに集まってくるのだ。この老人は、平安の昔、安倍晴明《あべのせいめい》によって絵のなかに封じ込められた悪鬼《あっき》のひとりで、正式な名を

「業輪叶井下桑律斎《ごうりんかのういげくわりつさい》」というらしいが、長すぎるので、幸助によって「キチボウシ」と命名された。酒とスルメが大の好物で、幸助がたまたま絵のうえに酒をこぼしたため、八百年の眠りから覚《さ》めて、封印が解《と》けた。

キチボウシのせいで、幸助の身辺には禍《わざわい》が絶えない。刃物を抜いたヤクザが暴れ込んできたり、落ちてきた花火が天井を突き破ったり、恩返しでもないのに鶴が夜中に飛び込んできたりするのは日常茶飯事《にちじょうさはんじ》だった。それでもキチボウシを追い出さないのは、そんなことをするとよそのだれかが災厄に見舞われるのだから、それなら自分が引き受けた方がいい、という考えからだった。キチボウシは疫病神としてはたいした力もないようだし、それに付き合ってみると暇《ひま》なときのよい話し相手になるのだ。

「仕方ない。買ってくるか」

「我輩も同道しようかのう」

「珍しいな。どういう風の吹き回しだ」

「十日もひとりでここに閉じこもっていたので、たまには世間を見たくなった」

「俺がいなくてさみしかったのか」

「たわけめ！　そんなはずあるまい」

キチボウシはネズミに似た小動物の姿になると、ぴょーいと幸助の胸もとに飛びつき、ふところに入り込んだ。

「あまりごそごそ動くなよ。くすぐったいから」

ふたりは外に出た。おとら婆さんはもういなかった。曾根崎《そねざき》の方までぶらぶら歩き、なじみの酒屋に入ると、持参《じさん》した一升徳利《とっくり》三本に酒を詰めさせた。ずしりと重いが、酒飲みにとってはこの重さもうれしいのだ。

「では、帰るか」

なけなしの金を払い、酒屋を出た。

「スルメを忘れるな」

ふところでキチボウシが念を押す。

「わかっておる」

店を仕舞いかけていた乾物屋《かんぶつや》でいちばん安いスルメを二枚買い、ふたりが「日暮らし長屋」に戻ろうとしたとき、一軒の居酒屋のなかから、

「貴様、どうしても私には飲ませぬというのか！」

「そういうこっちゃ。悪いけど帰ってもらおか」

「町人の分際《ぶんざい》で武士に向かってその態度はなんだ。許さぬぞ！」

「ああ、許してもらわんでけっこう。えびす小僧さんに縄かけるような役人に売る酒

はうちには一滴もないのや」

　キチボウシがひょいと顔を出し、

「えびす小僧というのはなんじゃ」

　幸助が、

「近頃話題の盗人だ。蔵屋敷や大店に忍び込んで金を盗み出し、それを貧乏人にばらまくらしい」

「それは豪儀《ごうぎ》じゃ。うちの長屋にもぜひ来てもらいたいものだぞよ」

　居酒屋の暖簾《のれん》を分けて、後ろ向きに出てきた人物の顔を見て幸助は、

「こいつか。うっとうしいな……」

　キチボウシが、

「この男、古畑とか申す町奉行所の同心ではないか」

「そうだ。強きを助けて弱きをくじく、はらわたの腐った役人だ。ごますりと賄賂《わいろ》で生きているような男だ。関わり合いになるとろくなことにはならぬ」

　続いて、居酒屋の主とおぼしき中年の町人が肩をいからせて現れた。右手に包丁を持っている。

「危ない。危ないと申すに……」

「やかましい。おまえなんぞが飲みにきたとわかったらほかの客が来んようになる。とっとと帰ってボウフラの湧《わ》いた水でも飲んどけ」

「役人に対しての悪口雑言《あっこうぞうごん》、もう許さん。貴様を召し捕って……」

古畑は帯の十手に手をかけたが、なぜかハッとした表情になり、

「いや……今日は勘弁《かんべん》してやる。——白八、行くぞ！」

居酒屋から飛び出してきたのは手下の白八だった。白八は古畑をかばうようにして、

「あのなあ、うちの旦那はえびす小僧を召し捕ろうとしたわけやない。たまたま見かけただけや。うちの旦那にそんなだいそれた手柄が立てられるわけないやろ」

「知るかっ」

居酒屋の親爺《おやじ》は言い捨てて店に入っていった。白八は古畑に、

「えびす小僧を捕まえようとしてるのは東町の猿之森の旦那やのに、旦那もとんだとばっちりだすな」

「参った。だれが言い触らしているのかしらぬが、十日まえのあの一件が知れ渡っているらしい。あれ以来、風呂屋や居酒屋もうどん屋も髪結《かみゆ》い床も入れてもらえぬ。私の顔を見ると、帰ってくれ、出ていってくれ、どうぞお通り……私を難《なん》じる声ばかりだ。このままだと飢《う》え死にする」

「そんな大げさな……」

「えびす小僧は義賊かもしれぬが、要は盗人ではないか。世間の連中はなにゆえこのようにもてはやすのだ」

白八はため息をついて、

「その理由《わけ》がわからんさかい、旦那はいつまでたってもうだつがあがりまへんのや」

「なんだと？」

「まあ怒らんと聞いとくなはれ。今の世の中、なんぼ働いてもまるでもうからん。ものの値は上がる一方で給金は下がる一方や。そんなときにぽーんと大金をめぐんでくれるやつが現れたら、神さまに見えるのとちがいますか？　それぐらいみんな困り果ててるということだすわ。盗んだ金でもなんでも関係おまへんのや」

「うるさい！　私に説教するのは十年早いわ！」

普段は十手風を吹かせるだけ吹かして威張《いば》りくさっている古畑が居酒屋や手下にへこまされているさまが愉快《ゆかい》だったので、幸助は声をかけた。

「どうした。いつもとちがうじゃないか」

古畑は幸助をじろりと見て、

「おまえか。あっちへ行け」

白八が、

「うちの旦那、えびす小僧を見つけて捕まえようとしたのが広まってしもて、人気が地に落ちてますのや。もともと人気なんかないのに」

幸助は笑ったが、古畑は言い返す元気もないようだ。顔色も悪く、げっそりしているように見える。白八が、

「それに、うちの旦那、珍しいことに……」

古畑は白八の口を右手でつかみ、ひねりあげた。

「痛たたたたた……なにひまんにょや！」

「おまえはおしゃべりが過ぎる。行くぞ」

古畑と白八は歩き去った。その後ろ姿を見送りながら幸助は、

「えびす小僧の召し捕りは猿之森とかいう同心が一手に引き受けている。横合いから首を突っ込むからいかんのだ」

そう言うとキチボウシが、

「おい、おのし、あの男の肩のうえになにか乗っておるのが見えるか」

「肩のうえだと……？」

幸助は古畑の両肩を凝視《ぎょうし》した。なにも見えない。

「なにも見えぬ」

「目を凝《こ》らし、心を集中させよ」

言われたとおりにすると、古畑が角を左に曲がろうとしたとき、なにかふわふわしたものが左肩にちょこんと乗っているような気がした。それは一瞬だけで、もう一度目を凝らしたときには「それ」の姿はなかった。幸助は指で目をこすった。

「見えたか」

「ああ。緑色をした、毛むくじゃらの、耳が長い……ウサギみたいなやつだ。後脚はヒキガエルのようだったが……古畑は気づいていないのか？」

キチボウシはうなずいた。

「あれはなんだ？」

「帰ってから話してやるぞよ」

キチボウシの声は妙に暗かった。

◇

キチボウシが古畑の肩にいたなにかについて話し始めたのは、三合ほど酒を飲んだあとだった。

「あれは死神ぞよ」

「死神……？　あのウサギガエルがか？」

「さよう。我輩のような悪神のひとつでな、肩や背中や頭のうえにあやつが乗っておると、その人物は遠からず殺害されて死ぬ」

「えっ……？　では、古畑は……」

「そういうことぞよ」

「追っ払うことはできぬのか。加持祈禱《かじきとう》などをして……」

「死神を追い払っても無駄ぞよ。死神がひとを殺すわけではない。もうまもなく死ぬ、という人間のところにやってきて、その最後の息を吸うことで永らえておる。異国にハゲタカと申して、もうすぐ死ぬであろう獣を見分け、その近くで死ぬのを待ち、死んだあとに腐肉《ふにく》を喰らう鳥がおるそうじゃが、あいつらもそんなようなものであろう」

「ふーむ……疫病神自身が災厄を引き起こすのではなく、疫病神のいるところに勝手に災いが集まってくる、というのと似ているな」

「なにを申す！　疫病神は死人に群がるようなはしたない真似《まね》はせぬぞよ。我輩はもっと高貴なのじゃ」

「しかし、今にも死ぬだろう人間は山のようにいるだろう。そいつら全員に死神が憑《つ》いているのか？」

「いや、死神が嫌なやつだというのはそこぞよ。やつらは、まともな死に方をする人間には憑かぬ」

「死に方にまとももクソもなかろう」

「まともな死に方というのは病死、事故死、自害などのこと。死神が憑いている人間はかならず『だれかに殺される』ぞよ」

「ということは、古畑は殺されるというのか……？」

「さよう」

「なんとか防ぐことはできぬのか」

「できぬこともないが……ひとの運命を変えるのはなかなかむずかしい」

「そうかもしれぬが、嫌なやつでも知り合いだ。近々殺されると聞いたら放ってもおけぬ」

「放っておいた方がよいと思うぞよ」

「まあ、そう言わずに教えてくれ」

キチボウシはしばらく無言でスルメをかじっていたが、

「死神が憑いている人間を殺す相手が先に死ねば、死神は離れる」

「つまり、この場合は、古畑を殺そうとしているやつが死ぬ、ということか。たしかにむずかしいな」

「であろう。そう都合よく病死や事故死はせぬから、殺すしかあるまいて」

古畑が、自分を殺そうとしている相手に心当たりがあるかどうかもわからない。定町廻り同心などという仕事はどうしても恨《うら》みを買う。古畑のように金に転《ころ》ぶ役人ならばなおさらだ。彼を恨んでいるものは五人や十人ではきかぬだろう。面識《めんしき》のない、ただの辻斬りに斬り殺されるのかもしれない。また、相手が特定できても、そいつを殺したら幸助はひと殺しになってしまう。

「古畑に、おまえは狙われているから気を付けろ、と忠告する、というのはどうだ」

「どれほど気を付けようと無駄ぞよ。ひと里離れた山のなかの小屋に閉じこもろうと、海の向こうに逃れようと、『運命』はどこまでも追いかけてくる。殺そうとしている相手の死以外に逃れるすべはない」

「うーむ……」

「だから言うたであろう。放っておいた方がよい、と」

キチボウシはそう言うと、湯呑みの酒をクーッと一気に飲み干し、

「疫病神も死神も、なかなかたいへんな仕事ぞよ。おのしらから見れば簡単そうに見えるかもしれぬが、好きでやっているわけではない」

じゃあ、なんでやっているのだ、と幸助は言いかけて、やめた。

「普通は見えぬが、眼力のあるものが心を凝らすと、一瞬だけ見えることがある。おのしは眼力がありそうゆえ、見えるかもしれぬと思うたのじゃ。もっとたやすく見るには、白紙に縦に切り込みを入れ、その隙間《すきま》からのぞく。切り込みの幅《はば》を調整しておるうちに死神に焦点《しょうてん》が合うときがある」

「ひとの寿命など知らぬ方がよい。俺には縁のないことだな」

幸助はそう言ってスルメをひとかじりした。

◇

「えーっ、そんなアホな！」

小間物屋の主は甲高《かんだか》い声を上げた。六尺棒を持った西町奉行所の門番は、

「アホなとはなんだ。失敬なやつめ」

「せやけど、平田平兵衛さまがおらんやなんて……」

「何度言うたらわかるのだ。西町奉行所の同心にそのような名前のお方はおられぬ。なにかの間違いであろう」

「わての聞き違いかもしれまへんけど、たしかに平田平兵衛とおっしゃったと思います。よう似た名前のお方はおいでやおまへんか」

「おらぬ。たしかめて、出直してまいれ」

「たしかめるもなにも、西町の同心で平田平兵衛と、それしかうかごうとりませんのや。貸し売りはお断わりと申し上げましても聞き入れてもらえず、代金は二、三日したら西町奉行所に取りに来いとおっしゃいまして……」

「馬鹿め。まこと同心であれば、代を奉行所に取りにこい、などと言うはずがない。役宅に来い、と言うはずではないか。なにか一筆もろうたのか」

「いえ……十手が証文代わりだと……」

「それはおまえが悪い。その十手は本ものだったのか？」

「わての見たところでは本ものやったと思います」

「うーむ、ならば騙《かた》りではあるまい。東町奉行所のお方かもしれぬ。そちらに行ってみてはどうだ」

「ほんまにほんまにこちらには平田平兵衛というお方はおられまへんのか。るははは……ていう妙な笑い方をしてはりましたけど……」

「くどい！　おらんと言うたらおらぬのだ。貴様、わしを疑うのか」

「とほほほ……えらいことになったなあ……」

小間物屋の主はがっくりと頭を下げた。

◇

「おーい、貧乏神、いてるかえ」

こちらがいるともなんとも答えぬうちに入ってきたのは、お福旦那だった。手に酒樽を提《さ》げている。

「水臭いやないか。ここしばらく家を空けるゆうさかい、おあずけ食ろうた犬みたいにじっと待ってたのや。帰ってきてるなら知らせてんか。まあ、一杯飲も」

そう言うとお福旦那は酒樽をたたきに置いた。

「こんな朝からか」

「なに言うとるのや。もう昼過ぎてるで」

幸助が戸の隙間から表を見やると、なるほど日は高そうだ。向こうで寝不足だったせいで、こんな時刻まで寝てしまったらしい。まわりを見渡すと、キチボウシも絵のなかで座って目を閉じている。

「酒はありがたいが、明後日からまた寺子屋に泊まり込まねばならぬのだ」

「なんやと？　それやったらよけいに、今日飲まなあかんわ」

お福は顔に真っ白におしろいを塗り、目は細く、耳たぶが長く垂れており、鼻の下に髭を生やしている。福々しい顔だが、毎晩北の新地《しんち》で「隠れ遊び」と称して小判を撒いて豪遊するので、店にとってはまさに打ち出の小槌《こづち》を持った「福の神」である。

「福の神の旦さん」を略して「お福旦那」というのが通り名になっているが、船場《せんば》のどこかの大きな米問屋の主だろうということしかわかっていない。そんなお福が、どういうわけか貧乏神の幸助と意気投合《いきとうごう》し、親友になったのだから不思議なものである。しょっちゅう酒を飲み交《か》わしているのに、幸助はお福の本名も店の名も場所も知らぬ。知る必要がないのだ。そして、幸助はいくら金に困っても、お福からは一文も借りない。お互いに、対等な付き合いをしたいと思っているのだ。

「お福、おまえ、どうして俺が今日帰っているとわかったのだ」

「まあ、なんとなく今日ぐらいかなあと思うてな」

いい勘をしているな、と言おうとして幸助はやめた。おそらくお福は毎晩酒樽を持ってここに来ては彼が帰っていないかどうか確かめていたのだろう。

ふたりは湯呑みに酒を注《そそ》ぎ、ひと息に飲み干《ほ》した。お福が、

「あー、美味《うま》い。昼酒ゆうのはなんでこんなに美味いんかなあ。昼と夜でお酒の味が変わるのやろか」

「はははは。ひとが働いているときに飲むからだろう。俺などは暇だからいつでも朝から飲んでいたので昼酒のありがたみを忘れていた。しかし、ここのところ飲めぬ日が続いたので、久々のこの一杯は甘露《かんろ》だな。――ところで、俺が留守にしていたあいだになにか面白いことはなかったか？」

「面白いこと……ゆうのとはちょっとちがうけど、妙な役人にからまれた」

「ほう……」

「四、五日まえの晩のこっちゃ。わたいが北の新地のあたりで駕籠《かご》を下りたら、着流しに雪駄履き、頭を小銀杏に結った侍が近づいてきて、『おまえか、お福旦那とかいうのは』と抜かしよった。知らん顔やったさかい、わたいは『へえ、そのように呼ばれとりますが』と言うたら、『わしがなにに見える？』とききよった」

お福が、

「町奉行所のお役人だっしゃろ」

と言うと、

「なぜ、わかった？」

「帯に十手が挟んであるのが見えとります」

これ見よがしにちらつかせているのが目障《めざわ》りで仕方なかった。

「るははははは……そうかそうか、よう気づいたのう。いかにもわしは西町奉行所の同心で角田角太郎《かくだかくたろう》というものだ。おまえは町人の分際で分不相応《ぶんふそうおう》な散財《さんざい》を繰《く》り返しているると聞く。世のなかには金がなくて飢えているものも多い。奢侈《しゃし》を禁ずる触れが出ていることを知らぬのか」

額の突き出たその男は居丈高《いたけだか》に言った。

「はあ……」

「おまえがどのような遊び方をしておるか検分し、もし禁令に触《ふれ》るようなものならばやめさせねばならぬ。今夜、おまえの登楼《とうろう》に付き合わせてもらうぞ。よいな！」

お福は幸助に、

「要するに、タダで遊ばせろ、というわけや。遊びたいなら素直にそう言うたらええのに、禁令がどうたらこうたら抜かすのが腹立つさかい、『お断りします。遊びはおのれの金でしなはれ』と言うたらブチ切れよってな。十手を抜いて、わたいの肩をつんつん突いて……」

その同心はお福に、

「そんなことを申してよいのか？　わしは同心だぞ」

「同心でも与力でも町奉行でも関係おまへん」

「おまえの贅沢《ぜいたく》が大勢の民を苦しめておるのがわからぬのか」

「わたいはそうは思いまへん。金というのは蔵にしまい込んでてもしゃあない。金のあるもんは、とにかく無駄使いするのが仕事みたいなもんだす。わたいが色街でアホみたいに金を使うたら、それは回りまわっていろんなひとのところに届きます。金は天下の回りもので言いますやろ。今、現に困っておられる方に直《じか》にお金を渡してもええけど、それは施《ほどこ》しになります。そういうのは、わたいやのうて、あんたがたお上の仕事とちがいますか」

「ううむ……商人のくせに同心に雑言を吐《は》くとは許せぬ。会所《かいしょ》に参れ」

そう言ってお福の手を摑もうとしたので、逆にそいつの手首をひねり上げてやったら泣きながら、

「覚えておれ！」

と言いながら逃げていったという。お福はこう見えても楊心流小太刀《ようしんりゅうこだち》の達人なのである。

「うーむ……そやつ、まことに同心なのか？」

「あの十手はほんまもんやった。古畑よりも一段下のゲスいやっちゃ。けど、十手で打ちかかろうとも、刀を抜こうともせんかった。あれでよう上役人が務まるわ」

古畑の名前が出たので、幸助は死神の話をしようかと思ったが、

（おそらく信じてもらえぬだろう……）

そう考えて口にしなかった。

「それで、どや。寺子屋の先生はおもろいか？」

「かなりたいへんだ。筆子は多いし、教えるべきこともさまざまだ。武家の子も町人の子も百姓の子も混じっておるゆえ、ときには喧嘩になることもある。その仲裁《ちゅうさい》も師匠の仕事だ。一日やるとへとへとになる。夜は夜で、夜学の子が来るし、翌日の手本作りもせねばならん。寝る間もないぞ」

「なかなかやりがいがありそうな仕事やないか」

「たしかにそうだな。だが、俺には無理だ」

「どうして？」

「俺はのらくらが身についている。姫隈も本復《ほんぷく》が近そうだから、もう一度様子を見にいって、それでお役御免だろう」

「あははは……そうか。それやったら安心や」

「なにがだ」

「おまえが絵師を辞めて寺子屋の師匠になるのとちがうか、と心配やったのや。そんなことになったら、今みたいに気軽に昼間から飲めんようになるやないか」

そのとき、表の方からガタピシガタピシという騒々《そうぞう》しい音が聞こえてきた。その音はどんどん近づいてくる。

「びんぼー神のおっさーん！　びんぼー神のおっさーん！　おっさん、いてはりまっしゃろー！　いてるのはわかってまんのや！　もう逃げ隠れは許しまへんでーっ！」

半鐘《はんしょう》のようにけたたましく叫びながら入ってきたのは、頬の赤い、目のくりくりした元気のいい丁稚だ。弘法堂の亀吉《かめきち》である。

「かっこん先生、もう逃がしまへんで。この亀吉が召し捕ったり！」

亀吉は幸助の着物の袖を摑んだが、お福がいることに気づき、

「うわあ、ええおとなが昼間っからお酒だすか。ほほーっ、けっこうなご身分だすなあ。わてみたいに可愛《かわい》らしい丁稚が朝から走り回ってるのに、ほほーっ」

「皮肉を言うな。——よく俺が帰っているのがわかったな」

「そらもう丁稚同心組の頭領《とうりょう》ことこの亀吉は大坂の町中に密偵を放ってますさかいな、先生の動きぐらいすぐにわかります」

「嘘をつけ。おとら婆さんにでも聞いたか」

「当たり——っ！　おとら婆さんはわての密偵のひとりだす。先生が戻ったら知らせてや、ていうとりましたんや。先生、材料持ってきましたさかい、よろしゅうお願いします。先生がおらんせいで、出荷が遅れてて、みんな困ってます。番頭さんから、先生帰ったらとっ捕まえて、仕事するまで放したらあかんで、てくれぐれも言われてますのや」

　そう言うと亀吉は風呂敷包みを幸助のまえに置いた。

「俺ひとり抜けたぐらいでそんなに滞《とどこお》っているのはおかしいな」

「ところが、お職人の茂一さん……先生も知ってますやろ」

　幸助はうなずいた。筆づくりは分業制である。ゴミなどが除かれ、寸法《すんぽう》も揃《そろ》っている動物の毛に糊《のり》を混ぜ、糸で縛って穂先を作り、竹軸に取り付けるまでが幸助の担当だが、茂一という男も同じ工程を担当しており、なかなか腕もいいらしい。

「茂一さんが、ちょっと腕の骨折って、仕事がでけへんようになりましたんや。弘法堂のフチンが先生にかかってる、て番頭さんが言うてはりました。フチンてなんです？」

幸助は頭を掻《か》き、

「俺は、明後日には寺子屋に戻らねばならぬ。それまでにできあがるかな……」

「やってもらわな困ります！」

亀吉は怖い顔で幸助をにらみつけた。

「わかったわかった。二日間徹夜すればなんとかなるだろう」

「頼んます」

亀吉は神妙に頭を下げた。

「茂一はどうして骨を折ったのだ」

「それがその……東町の猿之森ゆう同心のせいだすのや」

「また同心か」

幸助が言ったのを亀吉がききとがめ、

「ほかにも同心が腕折った、ゆう話がおますの？」

「いや、なんでもない。猿之森とやらのことをきこう」

亀吉は勢い込んで、

「えびす小僧ゆう盗人、知ってはりますか。金持ちの蔵とか武家屋敷に忍び込み、ごっそりお金を盗んで、それを貧乏人に配ってくれる正義の義賊だす！」

幸助はそれなりに知っていたが、お福は初耳だったようだ。幸助が、

「大店の主が知らぬというのは困るな。店をほったらかして毎日遊び歩いているからだろう」

「うちにはしっかり者の番頭がおるさかいな。けど、そいつ、えらい人気ものなんやな」

「世間では福の神やと言うとります」

「福の神やと……？」

「それを捕まえようとしてるのが東町奉行所の同心猿之森進太夫だす。こいつが見るからに憎たらしい顔つきのやつで、何度も惜しいところまで追いつめたけど、最後には逃げられてしまいますのや」

お福が、

「見るからに憎たらしいて、あんさん、猿之森の顔見たことあるんか？」

「錦絵で見ました。えびす小僧が千両箱抱《かか》えて屋根のうえに立ってて、下から十手持った猿之森が見上げてる、ゆう錦絵が出回ってますのや。それに、今度の中の芝居

（中座のこと）で市川蛸十郎《いちかわたこじゅうろう》のえびす小僧、中村烏賊衛門《なかむらいかえもん》の猿之森で上演されるかもしれん、ゆうてもっぱらの評判だす。楽しみやなあ」

　亀吉は早口でまくしたてた。幸助が酒を自分の湯呑みに注ぎながら、

「そのえびす小僧と茂一の骨折とどう関わりがあるのだ」

「よくぞきいてくれはりました。十日ほどまえ、先生が寺子屋に行きはってすぐくらいやったと思います。江戸堀の南側にある大店にえびす小僧が入りましたのや。見事に千両箱を盗み出したあと、えびす小僧は小右衛門町の『柚左衛門店』という貧乏長屋に現れて小判の雨を降らしました。ところがそこにたまたまやってきたのが、憎たらしい猿之森だす。えびす小僧を召し捕ろうとしたのやけど、長屋の連中がえびす小僧に味方して逃がしてしもたもんやから、猿之森は怒って、長屋の連中に乱暴しよったんだす。そんななかに茂一さんもいてましたんや。茂一さんはかわいそうに、十手で利《き》き腕の骨折られて……」

　幸助は、

「どうせばらまかれた金もその同心が持ち去ったんだろう。義賊とか言っても、結局はその長屋の迷惑になっただけではないか」

「先生はどっちの味方だすのや」

「どちらの味方でもない」

「お金が欲しゅうないんですか？」

「欲しいことは欲しいが、もしそのえびす小僧がこの長屋に来て金を撒いたとしても、もらう気にはなれんな」

「へ？　なんで？」

「どこかのだれかから盗んだものだろう。たとえば大商人の蔵から盗み出したとしても、義賊の方は、どうせ後ろ暗いことをして貯《た》めた金だから盗んでもかまわぬ、ぐらいに思うておるかもしれぬが、店の内証《ないしょう》まではわかっておるまい。そんな店でも家族がおり、奉公人が多数おり、得意先がある。迷惑をこうむるのは主だけではなかろう」

　幸助がそう言ったときお福が酒を飲み干して、

「腹立つー！」

「なぜおまえが怒る？」

「そのえびす小僧ゆうやつ、まるっきりわたいやないか」

「なんだと？」

「金をばらまいて福の神やと呼ばれとるのやろ？　ちがうのはその金がおのれのもの

か他人のものか、ゆうところだけや」

「そこが肝心《かんじん》なのだ。おのれの金をおのれが得心《とくしん》してひとに撒くのはだれにも遠慮はいらぬが、往々にして今の世には、他人の金をおのれの金のように思って、人気を取るためにばらまいたり、欲望を満たすために勝手に使ったりしているやつらがいるからな」

幸助はそう言った。

◇

「猿之森殿……猿之森殿！」

背後から声をかけられた東町奉行所同心の猿之森進太夫はちらりと後ろを見たが、それが古畑良次郎だとわかった時点でふたたびまえを向いた。歩みを止める様子はない。

「猿之森殿！　お待ちくだされ！」

息を切らして追いかけてくる古畑を無視してずんずん進んでいたが、

「さーるのもり殿ーっ！　猿殿！　猿！　猿猿猿！」

古畑がわめくのでため息をついた猿之森は立ち止まり、

「なんだ、おぬしか」

古畑はぜいぜいと肩で息をしながら、

「猿之森殿とお呼びしておりましたが、お気づきではありませんでしたか」

「まるで聞こえなかった。なにか用か」

「これを……」

古畑はふところから取り出した呼子笛を猿之森に手渡した。

「なんだこれは？」

「猿之森殿のものではございませぬか？」

猿之森は笛をためつすがめつ眺めたあと、

「いや……ちがうと思うが……なにゆえわしのものだと？」

「先日、えびす小僧が金を撒いた小右衛門町の長屋で拾ったのですが、私のものでも手下のものでもなかったので、猿之森殿が落とされたのかと思いまして」

「わしのものでもないな」

猿之森は呼子笛を古畑に返した。

「そうでしたか。私の勘違いだったようです。もしかするとえびす小僧が落としたものかも……」

「馬鹿な。呼子笛は同心や目明しが使うものだ。盗人が使うわけがない」

「ははは……さようですな。はははは……」

「わしが預かっておいてもよいぞ」

「いえ、それには及びませぬ」

「おぬし、顔色がすぐれぬな。腹でも下しておるのか」

「じつはあのとき以来、町人どもから大顰蹙《だいひんしゅく》を買っておりましてな、まあ私はもともと評判の悪い人間ではありましたが、風呂屋も床屋も居酒屋も入れてもらえず、大根や魚も売ってもらえず……昨日など、芝居見物に参りまして、いつものとおり青田《あおた》（タダ）で入ってやろうと思ったら木戸で止められて、『えべっさんを召し捕ろうとするようなやつに観てもらう芝居はないのや。おーい、こいつがえびす小僧を捕まえようとしたアホ役人や！』と叫ばれて、大勢に取り囲まれてボカボカボカボカ……とどつかれて……」

「それで顔が青いのか」

「今回ばかりは図々《ずうずう》しいこの私も往生《おうじょう》しております。猿之森殿は、長年えびす小僧と対決してこられましたが、世間の声にもめげず、毅然《きぜん》としておられる。ご立派だと感服仕《つかまつ》っておるところです」

「ふん、世間の馬鹿どもが多少騒いでも放っておけばよい。あいつらはどうせ金が目当てなのだ。ちょっと脅《おど》してやれば、すぐに黙る。わしらこそが正義なのだ。わしらはお上の御用を務めておるのだからな。この十手は……」

猿之森は帯にたばさんだ十手を叩き、

「ただの道具ではない。わしらの後ろには公儀がいる、ということを下々のものどもに示すためのものなのだ。わはははは……」

「は、はあ……」

圧倒された古畑は口をぽかんとあけてうなずくだけだった。

「まあ、えびす小僧のことはわしに任せておけ。おぬしのような若造には無理な仕事だ。はっはっはっはっ……」

猿之森は口を大きく開けて笑った。

◇

二日後の朝、幸助は寺子屋へと戻った。この二日間まったく寝ていないので頭がぼーっとしている。筆作りの方はなんとか仕事を終えて納品《のうひん》した。亀吉との約束は果たせたのだ。ふらふらのまま、寺子屋のなかに入ると、姫隈桜之進が机に向かって書きものをしていた。書き損じた半紙のうえに馬鹿でかい握り飯をいくつも載《の》せ、左手でつかんでほおばりながら、右手で筆を握っているのだ。

「おお、幸助！」

姫隈は顔を上げた。もともと髭面だが、ここのところ病床にいたせいで、ますます無精髭が伸びに伸びており、まるで手入れされていない藪《やぶ》のようだ。

「加減はどうだ？」

幸助が言うと姫隈は少し咳《せ》き込みながら、

「もうかなりよい。明日には講義を再開するつもりだ。おぬしにもいろいろ世話になった。たいへんだったろう」

「たしかにたいへんだったが、それを毎日こなしているあんたはもっとたいへんだ」

「ははは……性分《しょうぶん》でな、手抜きができぬのだ」

「では、今日でお役ご免ということだな。助かったー。寺子屋の師匠は俺には向かぬ」

「いえいえどうして……。わしは、おぬしはひとにものを教えるのに向いていると思うておる。だからこそ代役をお願いしたのだ。今後もちょいちょい教えに来ぬか」

「いや、もう頼まれてもご免だ。しかし、塩梅《あんばい》がよくなったのなら、本復祝いでも持ってくるのだった」

「気を遣《つか》うな。ここに饅頭《まんじゅう》がある。食うてくれ。悪いが茶は勝手に淹《い》れてくれ。その土瓶《どびん》に入っておる」

そう言うと、姫隈は安ものの饅頭をひとつつまんで口に放り込んだ。

「握り飯を食いながら饅頭を食うのか？」

「饅頭はおかずだ」

姫隈は指についた飯粒を食べ、すかさず饅頭をかじり、冷《ひ》えた茶を飲んだ。

「この握り飯、あんたが握ったのか？」

「そうだ。わかるか？」

でかすぎる、と言おうとしたがやめた。姫隈は、病床にあったとは信じられないような食欲で握り飯と饅頭をたいらげながら、

「おぬしの教え方はていねいだし、面白いそうだ。子どもたちも懐いておる。三日に一度、いや、五日に一度でもよいから手伝うてくれると助かるのだがな……」

子どもたちが懐いている、というのは幸助は初耳だった。しかし、亀吉もそうだが、

幸助はおとなより子どもとしゃべっている方が気が楽だった。幸助が腹蔵《ふくぞう》なくつきあえるおとなというのは限られている。

「残念だが、俺にはちょっと無理だな。遊びには来たいが、教えるのは骨だ。考えてもみよ。俺ほど寺子屋の師匠に似合わぬものもおらぬ。朝寝して、昼頃起きて、酒を飲み、仕事はたまにしかしない。そんな人間が、子ども相手にひとの道など説《と》くのは滑稽《こっけい》の沙汰《さた》ではないか」

「あっはっはっはっ……そりゃそうだな。ならば、ここにある品、なんでもいいから記念に持っていってくれ」

「記念か……。これにしよう。絵を描くときの押さえにちょうどいい」

幸助は、一本の文鎮《ぶんちん》を手に取った。文鎮といってもいろいろな形があるが、それは長さ一尺ほどもある細長いもので、幸助は指し棒がわりに使っていた。上面に「ひぐましゃ」と刻印されている。

「ところでな、幸助……」

姫隈は急に真面目《まじめ》な顔つきになり、

「ちょっと困ったことが起きた」

「なんだ?」

「おぬしも知っておるだろう、銅太郎《どうたろう》のことだ」

銅太郎はこの寺子屋羆舎に通う十一歳のかなり大柄な少年で、父親は九兵衛《くへえ》といって博労町《ばくろうまち》で提《さ》げものの小売りをしている商人である。提げものというのは印籠《いんろう》や煙草《たばこ》入れ、根付《ねつけ》……といった腰に提げるもののことで、なかには相当高価なものもある。

「銅太郎といえばかなりやんちゃで、女の子の頬に筆で墨をつけたので叱《しか》ったことがある。冗談のつもりだった、と言ったので、相手が嫌がることは冗談にならない、と言うと納得して女の子にぺこぺこ謝《あやま》っていた。根はいい子だと思う。銅太郎がなにかしたか？」

「うむ……銅太郎の父親が、その……斬られた」

「なに？」

「おとといのことだ。おまえが家に帰ったあと、銅太郎が泣きながらここに来て、『お父ちゃんが斬られた』と言う。冗談かと思ったが、そうではなかった。わしも本調子ではなかったが、ことがことゆえ病身をおして提げものの店に行くと、東町奉行所の同心や目明しが来ておった……」

近所のものの話では、夕方、店のなかから「ひと殺し！」という叫び声が聞こえてきたのでこわごわ様子を見にいくと、店のなかで九兵衛が仰向《あおむ》けに倒れていた。左肩から右の脇腹にかけて斬られたらしく、あたりは血の海だったという。店の奥で仕事をしていた丁稚が、同心のような人物が走り去るのを見た、と証言しているが、一瞬のことだったそうなので、信を置くことはできない。当時、店には九兵衛とその丁稚しかいなかった。

「わしは、同心たちに『このもののせがれが通うている寺子屋の師匠だ』と名乗り、詳細《しょうさい》をたずねたが、けんもほろろで相手にされなかった」

「まあ、そうだろうな……。九兵衛はどうなった？」

「医者の診立《みた》てでは、死んではおらぬが、出血が多かったためか、気を失ったように眠っており、問いかけなどにも応《こた》えぬらしい。ここ数日が山で、予断を許さぬそうだ」

「いかんなあ」

「銅太郎にいろいろきいてみたのだが、あの子はここでおぬしの講義を受けたあと、友だちと堀に魚釣りに行き、帰ってきたら店に近所のものが集まっていて、はじめて父親の災難を知ったのだという。銅太郎は、親の仇《かたき》を討《う》ちたい、と言うておる」

「気持ちはわかるが……」

「丁稚の話によると、店先に並べてあった印籠や根付がなくなっているらしい。切り取り（強盗）の仕業《しわざ》かもしれぬ」

「だとすると、まずはその下手人を見つけねばならぬ」

「ところが、だ」

姫隈は、水屋から書き損じの半紙に包まれたものを取り出し、幸助のまえで開けてみせた。

「十手、だな……」

「そうだ。店の土間に落ちていたそうだ。銅太郎はこれをわしのところに持ってきて、預かってくれ、と言った。丁稚は、そんなものは見たことがない、と申している。つまり……下手人が落としていったものということになる」

「なぜ役人に届けなかったのだ」

「銅太郎の言うには、十手を持っているのは与力、同心か目明しだ。それが落ちていたというのは、お上の御用を務めるもののしわざ、ということになる。銅太郎は、お役人は身内の不始末には甘いから、隠蔽《いんぺい》しようとして証拠の品を隠してしまうかもしれない、と言うのだ」

「十一歳の子どもがそんなことを思うとは、情けない世の中だ」

「そのとおりだ。上役人は公正であり、子どもたちの手本になってもらわねば困る」

「で、町奉行所はなんと言うている？」

「今のところはまだなにも……。九兵衛の女房にもなんの報《しら》せもないらしい」

「手こずっているようだな。町奉行所のものが店主を殺して物品を持ち去るというのも妙だ。なにか裏があるかもしれぬ。俺なりに調べてみよう」

そう言いながら、幸助はその十手を手に取った。環に赤房がついているから目明しではなく、与力か同心の持ちものである。

（おや……？）

十手の柄《え》の部分に名前のようなものが刻《きざ》まれている。それは「りようじろう」と読めた。

◇

その夜、雨がしとしと降るなかを、古畑良次郎は手下の白八とともに心斎橋筋《しんさいばしすじ》を南に向かって歩いていた。このあたりは大きな書肆《しょし》や古道具屋、漆器《しっき》屋などが軒《のき》を連ねている。傘を差した古畑は退屈そうに欠伸《あくび》をしながら、

「馬鹿馬鹿しい。町廻りの途中で一杯飲もうにも、居酒屋も煮売り屋もうどん屋も相

手にしてくれぬ。家で寝ている方がましだ」

笠と提灯を持った白八が、

「しかたおまへんがな。お奉行さまにさんざん叱られたのやさかい……」

古畑は、西町奉行に呼び出され、直々《じきじき》にこっぴどく叱責《しっせき》されたのだ。

「これを見よ！」

奉行はくしゃくしゃになった瓦版を古畑に突き付けた。そこには、「えびす小僧のばら撒きでみんなえびす顔、西町のお奉行さまだけが泣き顔とは」という見出しで、小判を撒きながら逃げていくえべっさんの顔をした男と、地面にひっくり返っている同心、そして、遠くからそれを見てキャッキャッと笑っている猿が描かれていた。

「えびす小僧を召し捕る絶好の機会をみずからの粗忽《そこつ》で潰《つぶ》し、むざむざ逃がしてしまった。おまえさえしっかりしておれば、東町に先んずることができたはずだ。この始末をどうつけるつもりだ」

「始末とおっしゃいましても……」

「東町の猿之森に先んじてえびす小僧を召し捕れ。おまえは今日から昼の勤めのあと帰宅してはならぬ。ずっと夜廻りをいたせ。よいな！」

「えーっ、毎晩でございますか？　それでは身体《からだ》が持ちませぬ」

「おまえの身体など知ったことか！　とにかく召し捕るのだ！」

そんなわけで、古畑は雨のなかを夜廻りしているのだ。会所から会所へと歩き、夜番や木戸番に、

「なにか変わったことはないか」

「へえ、ございません」

「そうか、なにかあったら知らせてくれ」

会所の夜番はひと晩に三度、その町内の夜廻りをしている。だから、同心が会所をひとつずつ回れば、市中で起こっていることはだいたいわかるはずである。

「番人、酒はないか？」

何軒目からの会所で辛抱《しんぼう》しきれず古畑は言った。

「へえ……会所では酒は飲んではならぬ決まりでおます」

「そんなことはわかっておる。暑気払いの薬があるはずだ」

「ようご存じで……」

番人が押し入れに隠してあった一升徳利を出した。古畑はひったくると、酒を湯呑みに注ぎ、ひと息で飲んだ。

「では、しっかり励めよ。――白八、行くぞ」

そう言って古畑は先に会所を出た。白八は湯呑みに酒を注ぎ、すばやく二杯飲み干した。

「なにをしておる。早くせぬか」

「へえ、ただいま……げっぷ」

古畑は十手を抜いて、肩をぽんぽんと叩きながら歩き出した。

「旦那……あきまへん！」

古畑はハッと気付き、

「そうであった。いつもの癖が出た」

古畑は十手を帯に差した。

「なにゆえ私だけがこのような目に遭《あ》い、猿之森にはだれもなにも言わぬのだ。不公平ではないか」

「あのおひとは、町のものがなにを言おうと屁《へ》とも思てしまへんわ。平気の平左で飲み食いしてはりますやろ。文句言われたらどやしつけて、刀にかけても言うことききすのやおまへんか」

「私もたいがいな方だが、あそこまではできぬな」

「なんでだす？」

「嫌われ者になりたくない」

「今でもじゅうぶん嫌われ者だっせ」

「それを言うな」

橋を渡り終えたふたりは、錺屋町《かざりやまち》にさしかかった。このあたりは文字通り錺職人たちが多く住んでいるが、夜はあまりひと通りがない。

「なかなかやまぬな。もう疲れた。今夜はえびす小僧も休みだろう。帰って一杯やって寝るか」

「アホなことを。バレたらまたお奉行さまにお目玉食らいまっせ」

「お頭など怖いことはない。飲み屋でタダ酒が飲めぬ方が怖い」

「せやけど、旦那……どないするおつもりだすか」

「なにがだ」

「その十手と刀でおます。いつまでもそのままというわけにはいきまへんやろ」

古畑はため息をつき、

「そうだな。なんとかせねばならぬが……金がない」

「そのうちバレまっせ」

「わかっておる」

ぐだぐだとしゃべりながら歩く。もう少しでつぎの会所が見えてくる、というあたりで、雨で提灯の火が消えた。

「旦那、ちょっと待っとくなはれ。今、火ぃ点《つ》けます」

白八が火縄の火を蠟燭《ろうそく》に移そうとかがみこんだとき、夜気《やき》をつんざいてなにかが飛んできた。それは古畑の手首に当たり、地面に落ちた。

「なんだこれは……」

古畑が拾い上げたものは古釘だった。

「釘か。いったいどこから……」

そう言いかけた瞬間、

「ぎゃっ……！」

古畑は喉《のど》を押さえた。べつの釘がぶつかったのだ。さいわい刺《さ》さることはなかったが、触ると指先に血が薄くついていた。古畑は周囲の暗闇に向かって、

「な、なにものだ！　私を西町奉行所の腕利き同心古畑良次郎と知ってのことか！」

返事はなく、たたた……と走り去っていく足音が聞こえた。白八が提灯を持ち上げたが、なにも見えない。

「だれか酔っ払いが冗談《てんご》しよったんだすやろ。行きまひょ、行きまひょ」

「たわけ！　危《あや》うく殺されるところだったのだ。冗談でかかるものを投げるか。それも二度も……」

「旦那を殺したかて、なんの得にもなりまへん。それに、本気で殺すつもりやったら刀で斬りかかるとか手裏剣を投げるとかしまっしゃろ。落ちてた釘を投げただけやさかい、酔っ払いに決まってますわ。たぶん旦那の悪い噂が出回ってますのやで」

「悪い噂だと？」

「えびす小僧を召し捕ろうとしてるアホな同心、とか……」

「アホは余計だが、うーむ……なにか嫌な予感がする」

古畑は右の肩を手で払うと、不快そうな顔つきで歩き出した。木挽中町《こびきなかのちょう》を東に折れ、笠屋町《かさやまち》の会所に立ち寄る。

「なにごともなかろうな」

番人が飛び出してきて、

「ええとこに来てくらはりました！　さっき、東のお奉行所にひとり走らせたところでおます」

「まさか……」

「そうだす。また、えびす小僧のお出ましだす！」

さすがの古畑も顔を引き締めた。

「場所はどこだ」

「常珍町《じょうちんまち》の雑穀《ざこく》屋だす。丁銀箱《ちょうぎんばこ》が盗まれたらしい」

丁銀箱というのは江戸でいう千両箱で、いっぱいにすると十貫目（約三十七・五キロ）の重さになる。

「時刻はいつだ」

「一刻（約二時間）ほどまえでおます。たぶんその近くのどこぞの長屋にばら撒いてますやろ」

「わかった」

古畑は白八を連れて常珍町に向かった。そのあたりにある長屋を片っ端から回ったが、大盤振る舞いだ、小判の雨だ、と大騒ぎしているところは見あたらない。三右衛《さんえ》門店《もんだな》という裏長屋のまえを通りかかったとき、怒鳴り声が聞こえてきた。

「さあ、これでしまいではあるまい。えびす小僧がばら撒いた銀は全部出せ！　もし、あとで隠し持っていることが明らかになったら、死罪になるぞ。それでもよいのか」

古畑と白八が木戸をくぐると、猿之森が長屋の住民から丁銀を回収しているところだった。若い男と老人が倒れていて、ふたりとも顔に青あざがある。長屋のものたち

は震えながら銀を猿之森に手渡している。猿之森はその銀を、目のまえに置かれた丁銀箱に放り込み、

「まだ足らぬな。あと二本ほどあるはずだ。おとなしく出した方が身のためだぞ」

中年女が猿之森をにらみつけ、

「せっかくえべっさんがくださった大事なお宝や。あんたらお上に取られてたまるか！」

「ほほう……十両盗めば首が飛ぶ。丁銀一本はだいたい十両。召し捕るまでもない。ここで貴様の首をはねてやる」

猿之森はそう言いながら刀を抜いた。

「ひええっ……！」

女は家に駆けこむと、銀を持って戻ってきた。泣きながら猿之森に差し出すと、

「あんたみたいな役人に渡すのはえべっさんに申し訳ない。えべっさん、すんまへん。堪忍《かんにん》しとくなはれ！」

「それでよい。手間をかけよって……」

猿之森はその銀をひったくると、箱に入れた。そのとき、後ろからの視線に気づいて振り返り、

「また、おまえか」

古畑は、

「猿之森殿こそ、よくお会いしますな。私がこの件を知ったのもつい今しがた、笠屋町の会所に立ち寄ったときでした。東町にひとり走らせた、とは申しておりましたが、さすがはえびす小僧召し捕りに命を懸けておいでの猿之森殿、なんともお早いご参上ですな」

「馬鹿め。いかにわしとて、奉行所からここまでそんなに早くは来れぬ。たまたまこのあたりを見回っておったところ、この長屋からえびす神の面をつけたものが現れたゆえ、『御用!』と声を掛け、十手にて打ち据えようとしたが、敵もさるもの、抱《かか》えていた空《から》の丁銀箱をわしに投げつけた。わしがかわそうと姿勢を低くしたのを見定め、わしの頭を飛び越えて走り去ってしまった。いやはや身の軽い男だわい」

「さようでございましたか。それにしても先日の小右衛門町のときといい本日といい、猿之森殿はえびす小僧の出没場所にうまくいあわせるものですな。おそらくは猿之森殿のえびす小僧を召し捕らんとする執念《しゅうねん》に天が感応《かんのう》ましますのでございましょう」

「ふん、追従《ついしょう》を言うな」

「追従ではございませぬ。私もお頭よりえびす小僧捕縛の命を受けたる身。今後ともいろいろご教授くだされ」

「なに？　おまえがえびす小僧を捕縛するだと？　あっははは……無理無理。おまえのような能なしにあの俊敏《しゅんびん》で狡猾《こうかつ》な怪盗が召し捕れるものか」

猿之森は巨軀《きょく》をゆすり、夜道を悠々と戻っていった。長屋のものたちは泣きながら、

「やっと溜めてた家賃が払えると思たのに……」

「おふくろに滋養《じよう》のあるもんを食べさせられたのに……」

「くそっ、猿之森のガキが……！」

「血も涙もないやっちゃ」

そのうちのひとりが古畑に気づき、

「あんたも町役人か。お宝はみな、猿之森に渡したで。まだなんぞ用事か。なかったら帰った方が身のためやで。みんな、殺気《さっき》立っとるさかいな」

そう言ってにらみつけた。古畑は、

「あ、いや、用はないのだ」

そう言ったとき、長屋の奥から石礫《いしつぶて》が飛んできて、古畑の羽織に当たった。

「不浄役人、帰れ帰れ！」

だれかが叫んだ。それが合図だったかのように、皆が一斉《いっせい》に石を拾っては古畑に投

げつけはじめた。

「うわっ、これはたまらぬ。白八、逃げるぞ」

ふたりはあわてて長屋から出た。背中にはいつまでも、

「えべっさんの敵はわしらの敵や！」

「とっと去《い》ね！」

などという罵声《ばせい》が響いていた。九之助橋《くのすけばし》が見えてきたあたりで、

「もうここらでよかろう。ああ、疲れたわい」

ふたりは橋のたもとに座り込んだ。白八が汗を手ぬぐいで拭きながら、

「それにしても、えびす小僧は人気がおますなあ。旦那は人気ないけど」

「またそれを言う」

「けど、妙やなあ。あいつら、結局、一文もふところには入ってないどころか、猿之森の旦那にどつかれたりして、ええことなんかひとつもないのに、えびす小僧の肩を持ちますやろ」

「金は取り戻されてしまっても、その金をくれようとした相手をありがたく思う気持ちは消えぬもののだな。おそらく義賊というものは、そういった世間の後押しによってずいぶんと仕事がしやすくなっているのだろう」

「と言わはりますと？」

「たとえば目明しなどに追われているとき、恩を受けたものたちが盾になってくれると逃げやすくなる」

「なーるほど。今夜の旦那は冴えてますなあ」

「ふっふっふっ、私はいつも冴えておる」

古畑がそう言ったとき、

「死ねっ！」

という声がした。つぎの瞬間、橋の方からガキッという鈍い音が聞こえ、直後、だれかが走り去っていく足音がした。古畑と白八が立ち上がると、九之助橋のうえに男が立っていた。幸助である。

「き、き、貴様か、私を殺そうとしたのは……！」

「俺ではない。――見ろ」

幸助は足もとを指差した。そこには太い五寸釘が突き刺さっていた。幸助はそれを引き抜いて、古畑に見せた。さっきの釘よりも長くて太いが、錆《さ》びた古釘であることは同じだ。

「あんたの背中に向かって光るものが飛来《ひらい》したのが見えたので、咄嗟《とっさ》にこれで叩《たた》き落とした。間一髪《かんいっぱつ》だったな」

そう言って、幸助は細長い文鎮を示した。寺子屋から記念にもらってきたものだ。

古畑は幸助の胸ぐらを摑み、

「まことか？　貴様がやったのではないのか？」

幸助は古畑の手を外《はず》し、

「俺はあんたを救ってやったのだぞ。礼ぐらい言ったらどうだ」

「怪しい。さっきの釘も貴様だろう」

「さっきの釘？　なんだそれは」

白八が、

「ついさっきも古釘が二本、飛んできましたんや。てっきり酔っ払いの冗談やと思とりましたのやが……」

古畑は、

「やはりおかしい。なにゆえおまえがここにいる？」

死神に憑かれているので気になって、あとをつけていた……とは言えない。

「小西町《こにしまち》の知り合いに会いにきたのだが留守だったので帰るところだったのだ。あんたは……？」

「私はそこの会所で、えびす小僧が出たと聞いてここいらを探索しておったのだ」

「見つけたのか？」

「いや……猿之森殿がひと足早く駆けつけておられたが、逃げられたそうだ。盗まれた銀の回収だけをして引き揚げられた」

「その同心こそ、小右衛門町のときといい今度といい、上手《うま》く居合わせるものだな」

「えびす小僧を捕えたいという一心で頭がいっぱいになっておられるため、えびす小僧の居場所がなんとなくわかるのだろう。恐るべき執念だ。私にはできぬ」

幸助は、

「そもそも俺にはあんたを殺さねばならぬ理由がない。そんなことをしてもなんの得にもならんのだからな」

それを聞いて古畑は蒼白《そうはく》になり、がたがた震え出した。

「たしかに『死ね』という声が聞こえた。間違いない。私は……私は狙われているのだ！」

白八が、

「そんな酔狂《すいきょう》なやつ、どこのどいつだす？」

「知るものか。私は悪いことはひとつもしておらぬのに……」

「かなりしてはりまっせ。袖の下やら悪事の見逃しやらタダ酒やら弱いもんへの暴力やら……」

幸助が、

「しかし、命を狙われるというのはおかしいな」

「わ、わかったぞ！　えびす小僧の肩を持ってる貧乏人の馬鹿たれどもの仕業だ。私がえびす小僧を召し捕ろうとしているのが許せぬのだろう。私は今日かぎりえびす小僧の係から外してもらう」

白八が、

「猿之森の旦那よりも先にえびす小僧を召し捕って、鼻を明かしてやる、て言うてはりましたがな」

「あれはやめだ」

「ころころ変わるおひとやなあ。お奉行さまに叱られまへんか」

「命を落としたくない！」

幸助はふと思い出したように、

「そうだ。落としたといえば……あんた、十手を落とさなかったか？」

真っ青になっていた古畑の顔色が半紙のように真っ白になった。

「どっ、どっ、どうしてそれを……」

「落としたのか？」

「い、いや……落としてはおらぬ。同心がお頭から預かった命より大事な十手を落とすはずがなかろう。これを見よ」

古畑は帯に差した十手を軽く叩いた。

「ちょっと抜いてみせてくれ」

「なぜそんなことをせねばならぬ。十手などというものは、軽々しく抜くものではない。ここぞというときにだけ使うのだ」

「まあ、よいではないか」

幸助が手を伸ばして十手の柄を掴もうとすると、古畑はくるりと向きを変え、

「寄るな、触るな！　あっちへ行け！」

「どうしてそんなに嫌がる」

幸助がなおも十手を触ろうとするので、古畑は刀の柄《つか》に手を掛け、

「それ以上お上をないがしろにすると、抜く手は見せぬぞ！」

白八が、

「旦那……」

「あっ……」

古畑は刀の柄から手を離し、数歩後ずさりして、

「言うてみよ。なにゆえ私が十手を落としたと思うたのだ」

「どこかの小せがれがあるところで十手を拾った。その柄に『りようじろう』と彫られていた、という話を聞いた」

「だれだ！　だれが拾ったのだ！」

「さあ……ただの噂だ。しかし、東西の町奉行所で良次郎という名のものはあんたしかおるまい」

「い、いや……そんなことはない！　われら同心が使うておる手先、目明しの数はおそらく二、三百人はおるだろう。そやつらは捕物のときだけ町奉行所から十手を借り受けることになっておるが、たいがいは幅を利かせるために自費で十手を作って所持しておる。そのなかには『りょうじろう』もひとりやふたりいるのではないか」

「環に赤房がついていたらしいが……」

古畑は咳き込むと、

「その十手はどうなった？　拾うた子どもは会所に届けたのか？」

「そこまでは知らぬ。そういう噂を耳にしただけだ。――あんた、九兵衛という博労

町の提げもの屋の主を知っているか？」

「知らぬ。聞いたこともない」

幸助はじーっと古畑の顔を見つめた。嘘はついていないように思えたが、鵜《う》のみにはできない。白八が、

「わても聞いたことおまへんわ。ほんまだす。――で、その九兵衛がどないしましたんや」

「辻斬りに斬られた」

「えっ……？」

眉根を寄せる古畑に、

「町廻り同心のくせに知らんのか」

「東町の扱いになっているのかもしれん。今月は東町が月番だが、月に三、四度、東西で寄合を開き、それぞれが抱《かか》えている事件の子細《しさい》を交換する。おそらくまだうちには知らされていないのだろう。――で、その九兵衛の一件と私の十手となんの関係がある」

「店にその十手が落ちていたのだそうだ」

「げっ……！」

古畑は白八に、

「奉行所に行くぞ。えびす小僧の件をお頭に知らせねばならぬ」

「もう、東町から報せが行ってまっしゃろ。また、遅い、ゆうて叱られますわ」

「ふん！」

古畑は五寸釘を地面に叩きつけ、歩き出そうとした。幸助が、

「あんたはどうも受難の相が出ている。気を付けた方がよいぞ」

「おまえは人相も観るのか。放っといてくれ」

「いや、俺はマジで忠告しているのだ。今の世のなか、一寸先は闇だぞ」

「なにを抜かす。——ぎゃあああっ！」

古畑が突然悲鳴を上げたので、幸助はまたなにか投げつけられたのかと身構えたが、

「足が……足が……痛いっ」

見ると、自分が今投げ捨てた釘を踏みぬいたのだ。雪駄を貫《つらぬ》いたらしく、足袋《たび》に血がにじんでいる。

「だから言ったのだ、気を付けろ、と」

「うるさい！」

古畑は足音荒く去っていった。幸助はふところから切れ目の入った半紙を取り出し、

それを目に当てた。古畑の肩のうえには、ウサギのようなヒキガエルのような小動物が乗っていた。

（キチボウシの言ったとおりだ……）

古畑に取り憑いている死神を引き離すためには、彼を狙っているのがだれかをつきとめなければならない。

（前途多難《ぜんとたなん》だな……）

幸助はため息をついた。

◇

「こんな時刻になんの用だ」

たまたま泊番《とまり》をしていた古畑の上役である与力河骨鷹之進《こうほねたかのしん》は不機嫌そうに言った。与力部屋で仮眠していたらしく、口もとによだれの痕《あと》がある。

「今宵、えびす小僧が常珍町の雑穀屋から丁銀箱ひとつを盗み出し、付近にある三右衛門店にて例のばら撒きを行いました」

「なに？　召し捕ったか？」

「いや……その……召し捕った、とまではいかず、その……」

「えびす小僧の正体を摑んだか、それとも顔を見たとでも言うのか」

古畑が一部始終を話すと、河骨は激昂《げっこう》した。

「このたわけが！　またしても東町に先を越されたとは……」

「しかし、猿之森殿もえびす小僧の捕縛は叶《かな》いませんでした」

「同じだと申すか。向こうは、おまえが長屋に着いたときにすでに撒かれた金子の回収を終えていたそうではないか。ぼやーっと歩いているだけが夜回りではないぞ」

「申し訳ございませぬ」

「わしは今からお頭にこのことをお知らせしてくる。もうおやすみだとは思うが、大事のことゆえお起こし申さなくてはならぬ。――ああ、また叱られるわい。明日から性根《しょうね》を入れ直してえびす小僧を追うのだ。よいな！」

出ていこうとした河骨の袖を摑み、

「お待ちくだされ。じつは……私をしばらくえびす小僧の一件から外していただきたいのです」

「なにゆえだ。普通は、しくじりを犯したら、それを取り戻そうと張り切るものだが、外してほしいとは……」

「私は……私は狙われておるのです！」

「えびす小僧にか？」

「わかりませぬ。しかし、今夜、たしかに『死ね！』という声とともに五寸釘が投げつけられたのです」

「五寸釘？　おまえがえびす小僧を召し捕ろうとしている同心だと知ったものが、嫌がらせをしたのだろう。その程度のことは気にせず、お役にはげめ」

「とんでもない。私は命を脅《おびや》かされているのですぞ。気にしないわけにはまいりませぬ。もう怖くて怖くて……」

「情けないやつだな……。なにくそ、絶対にえびす小僧を捕まえて、嫌がらせをした連中の鼻を明かしてやるぞ、という気持ちにはならぬのか」

「なりませぬ！」

古畑は即答した。

「この足の包帯をご覧くだされ。五寸釘で傷ついたのです！　しばらくは歩行も困難です」

「ふむ……投げつけられた五寸釘が足に刺さったのか？」

「いえ……私が投げ捨てたものを自分でうっかり踏みぬいたのです」

「おまえは馬鹿か……」

河骨は呆れたように言うと、与力部屋から出ていった。

「とほほ……どうすればよかろう……」

古畑は泣きたい気分だった。

◇

翌朝、古畑は雑喉場にほど近い山田町《やまだまち》にある「近江屋《おうみ》」という質屋の暖簾《のれん》をくぐった。気難しそうな顔の番頭が帳場で帳合いをしている。

「許せよ」

番頭は顔を上げ、

「ああ、こないだのお客さん……。お請《う》け出しだすか」

「いや、そういうわけではない。じつは……先日曲《ま》げた十手だが……」

「へえへえ、ちゃんとお預かりしとりますが……」

「それはまことであろうな」

「どういうことだす?」

「流してしまったのではなかろうな」

「ははは……まだお預かりして間もおまへんがな。八カ月までは流してはならんのが質屋の決まりでおます」

「それはわかっておるが……」

「なにかうちの扱いにご不審《ふしん》でも？」

「そうではないが、念のために、と思うてな」

「御安堵《ごあんど》くださいませ。蔵のなかに厳重にしまい込んでおます」

「だから……ちょっとだけ見せてくれ」

「お金は？」

「それは……持ってきておらぬ」

「ほな、お断わりいたします。わてらは信用第一の商《あきな》いでおます。品ものをお預かりして、質札をお渡しした以上は、元金と質料を耳を揃えてお持ちいただかんかぎりはたとえ質入れなさったご本人さまでも、品ものを軽々しゅうお見せはでけまへん。そうでないと、この商い、長くは続けられませんわな」

「私は同心だ。その同心が十手を質入れしたとわかったら、たいへんなことになる。もちろんおまえどもを信用していないわけではないが、十手はわれらにとって命にも代えがたいもの。ちゃんと預かってもろうておるかどうか確かめたいのだ。まさか持ち出したりはしておらぬだろうな」

「あっははは……質屋が質草を持ち出すやなんて、そんなアホな」

「ならば見せてみよ」

「ひつこいなあ。できんというたらできまへん。お引き取りください」

「じつは、私はあの十手をあるところで拾ったものがいる、という噂を聞いたのだ。それがまことであれば一大事ではないか」

「そんなアホな。うちの蔵にしもてあるものが足が生えて歩いていった、とでもおっしゃいますのか。その『あるところ』というのはいったいどこでおます？」

「博労町の九兵衛という提げもの屋だ。主が辻斬りに斬られて生死の境をさまよっているそうだが、その店に私の名を書いた十手が落ちていたらしいのだ」

「そんなはずおまへんけど、十手は今、どこにおまんのや」

「それが……わからんのだ。とにかくここにあるのかどうか確かめたい。見せろ」

上がり込もうとするのを番頭は両手を広げて制止した。

「なんぼお役人さまでも無法は困ります」

「どうあっても見せられぬのか」

「へえ。うちの看板に掛けても質草をお見せするわけにはまいりまへん」

「おまえが看板に掛けても、と申すなら、私は刀に掛けても見せてもらう」

「けど、そのお刀は……」

「ううう……そうであった」

顔を真っ赤にした古畑は、

「ごめん！」

怒鳴るようにそう言うと、店をでた。その背中に、

「元金と質料をお持ちいただければ、お見せしまっせ！」

しかし、返事はなかった。番頭は深くため息をつき、丁稚のひとりに、

「松吉、わては奥で旦さんと話《はな》ししてくるさかい、しばらくお店見といてや」

「へーいー」

番頭は奥の一室に赴き、

「旦さん、今、よろしいか」

「番頭どんか、入ってや」

近江屋の主は憂鬱《ゆううつ》そうな顔で煙草を吸っていた。

「あの十手のこと、若旦那は、なんて言うてはります？」

「落とした、て言うとる。どこで落としたかはわからんそうや」

「今、表にあの同心がおいでになって、『曲げた十手を見せてほしい』と言うてきよりました」

「な、なんやと！　なんでそんなことを……」

「大事なもんやさかい、ほんまにちゃんと預かってもろてるかどうか確かめたい、とおっしゃって……」

「ほんで、あんたはなんと言うたんや」

「質屋として、一旦お預かりしたからには、元金と質料をお持ちいただけぬかぎりはお見せすることはできまへん、と突っ張ったら、あきらめて帰っていきました」

「そんな理屈で納得しよったか。——アホやな」

「そうだすな。わても必死だした」

「しかし、どないしよ。あの同心が金を持って請け出しにきたら、十手はちょっとうちのアホが持ち出しとります、とは言えんがな」

「困りましたな。ほんまにあの若旦那は……今、どこにいてはりますのや」

「わからん。家にじっとしとれ、て何遍《なんべん》言うてもききよらん。一刻（約二時間）ほどまえにまた、衣装に着替えて出ていってしもた。どうせまたぞろ世間に迷惑かけとるにちがいない」

「そうだっしゃろな。ああいう格好をして、うえから見下すようにものを言うたら、ご無理ごもっともで町人は言うことききよる、というのがわかって、味をしめはったんだすやろな。若旦那も、あれさえなかったら……」

「そうや。あれがあいつの『病』なんや……。とにかく今度与七が帰ってきたら、どついてでもここに引っ張ってくるのやで。わかったな！」

◇

幸助は大欠伸をして、あばらの浮いた胸をばりばりと掻いた。筆の納品も終わったし、寺子屋の助っ人ももうしなくてもよい。だからこうして昼日中から老人姿のキチボウシと酒を飲んでいるのだ。キチボウシが、

「あの古畑とかいう同心の件はどうなった？　もう死んだか？」

幸助は苦笑《にがわら》いして、

「まだだ。毎日、様子を見にいっているが、ぴんぴんしている。しかし、だれかに狙われてはいるようだな」

「その『だれか』が死なねば、あの男から死神は離れぬぞよ」

「そうもいくまいが……とにかくだれが古畑を狙っているのかをつきとめねばならぬ」

幸助はそう言って酒を飲み干した。キチボウシが、

「我輩にも注《つ》いでくれ」

「もうない」

「なに？　では、最後の酒はおのしが飲んでしもうたか？　けしからぬぞよ。そういうものは年寄りに残しておくもの。おのしには年長者を敬《うやま》う気持ちがない！」

「そう怒るな。俺の勘では、そろそろ酒樽がやってくるような気がするのだ」

幸助がそう言ったとき、

「ごめーん、貧乏神おるかー」

「ほら来た」

入ってきたのはお福だった。手に酒樽を提げている。

「我輩の分、残しておけよ」

キチボウシは早口でそう言うと絵のなかに入った。

「今、だれかの声が聞こえたような気がしたけど……」

「空耳だろう。ここには俺しかおらぬ。――ちょうど酒が切れたところだ。ありがたい」

「でも、湯呑みがふたつ出てるやないか」

「そろそろおまえが来るような気がして出しておいたのだが、いつのまにかどちらが俺のかわからなくなってな」

「かまへんかまへん」

お福は樽を土間に置くと、うえに上がってあぐらをかいた。

「えびす小僧の一件やけどな、常珍町の雑穀屋に入って、近所の長屋に丁銀を撒いたらしいやないか」

「そうだ。あの古畑が聞きつけて長屋に駆けつけると、すでに猿之森が撒かれた金子を回収して引き上げるところだったらしい」

「よう知ってるな」

「俺は、理由《わけ》あって今、古畑を見張っているのだ」

「はあ?　物好きなやつやな」

「どうやら古畑の命を狙っているものがいるらしい。俺も、五寸釘が投げつけられるのを目撃した。不快なやつだが、知り合いだから放ってもおけぬからな」

「じつは、俺が助っ人をしていた寺子屋の筆子の父親が斬られた。刀でばっさりやられたのだが、その現場に『りようじろう』という名の入った十手が落ちていた」

「ほう……」

「俺は古畑に、十手を見せろと言ったがあいつは拒《こば》んだ。『りようじろう』という名の目明しはたくさんいるはずだ、とも言った。しかし、あいつが狙われているのは、その件と関わりがあるような気がする」

「なんやと……？」

幸助は一連のあれやこれやについてお福に説明した。

「命が尽きなかったのは不幸中の幸いだが、まだどうなるかわからぬ。目を覚ませばいろいろ聞き出せるだろうが、このまま亡くなってしまうかもしれん」

お福は唸《うな》って、

「丁稚が、逃げたのは同心姿の男やった、と言うとるのやろ。銅太郎ゆう子どもの父親を斬ったのは、古畑かもしれんなあ」

「どうかな。俺が、九兵衛という博労町の提げもの屋の主を知っているか、とたずねたとき、聞いたこともない、と答えた態度は嘘をついているようには見えなかった。あいつは無能でがめつくて最悪の役人だが、ひと殺しをするような肝《きも》はあるまい。そんなことをしたら面白おかしく世を渡れなくなる、と承知しているはずだ」

「わからんでえ。ああいうやつはだいたい……」

そのとき、突然、戸が開けられ、だれかが入ってきた。幸助とお福は身構えたが、その人物の顔を見て仰天した。それは古畑良次郎だった。古畑は戸を閉めると、土間に突っ立ったまま幸助たちを見ている。幸助が、

「今ちょうどあんたの話をしていたところだ」

「ふん……どうせろくな話ではなかろう」

「そのとおりだ。――なにしにきた？」

古畑はしばらくもじもじしていたが、

「上がってもよいか」

「好きにしろ」

古畑は幸助の隣に座ると、

「頼みがある」

「なんだ」

「このまえおまえは、九兵衛という提げもの屋が斬られた場所で、どこかの子どもが環に赤房がついた十手を拾った、と言っていたな。私は、その事件を扱っている東町

の同心にきいてみたが、十手のことなど知らんと言うていたぞ」

「俺は、噂を耳にしただけだ」

「嘘をつけ。おまえが持っているのではないのか？　今からこの家を家探《やさが》しさせてもらう」

「お断りする。つまり、それはやはりおまえの十手なのだな」

「ち、ちがう。同心が十手を落としたりするものか。私のはちゃんと、ほれ、ここに……」

古畑は帯に差した十手をチラ見せした。

「ならば、放っておけばよいではないか。他人の十手になぜこだわる」

「九兵衛を斬った下手人をつきとめる一助《いちじょ》になりはせぬか、と思うたまでだ」

「本当のことを言わぬと、十手は返せぬ。もう一度きくが、あれはあんたの十手なのか」

古畑は絶望的な表情になり、

「ああ……あ……」

と長いため息をついたあと、

「どうやらそうらしい」

「落とした、と言うていたが、あんた、まさか九兵衛さんを斬ったのではあるまいな」

古畑は目を倍ほどに見開き、

「ばっ、ばっ、馬鹿なことを申すな！　そんな怖いこと、私にできるわけがない！」

「逃げたのは同心のような侍だった、と丁稚が言うておるのだ」

幸助が畳《たた》みかけると、

「私ではない。讃岐《さぬき》の金毘羅《こんぴら》さまに誓ってもいい」

「では、九兵衛を知らぬと言うていたのは嘘か？」

「嘘ではない。私は九兵衛もその店も知らぬし、そもそもその店には行ってない」

「では、なぜ十手が落ちていた？」

「それは……おそらく……たぶん……けだし……案ずるに……」

「早く言え」

「言えぬ」

古畑はお福に向き直ると、

「お福とやら、聞くところによるとおまえは金満家だそうだな。私に五両用立ててくれぬか」

「どうして？　おまえなら五両ばかりならはした金だろう」

「あんたに貸したら、かならず『お上のご威光《いこう》』とやらで踏み倒すやろ」

古畑はぎくりとした顔になり、

「そ、そんなことはせぬ。かならず返す」

「わたいは金貸しの免許を持ってないさかい、貸すわけにはいかん。タダであげてもええけど……」

「まことか！」

「せやけど、あげるんやったら、なにに使うかを言うてもらわんとなあ。それがまっとうな使い方やとわたいが得心できたら十両でも百両でもさしあげまひょ」

「うう……その……質屋からあるものを請け出したいのだ」

「なにを曲げたんや？　質屋に入れたなら質札があるやろ。品ものの名前が書いてあるはずや。それを見せてくれたら、あんたが嘘ついてないという証拠になるわな」

「質札は……ある。しかし、見せることはできぬ」

「ははは……ほな、この話はお流れや。よそから借りなはれ」

「嫌や」

「もう貸してくれそうな相手には全部頼みにいった。でも、ことごとく断られた。私がえびす小僧の係になってからというもの、世間の連中がまるで冷たいのだ。皆、そんなに盗人が好きなのか！　くそっ……！」

古畑はおのれの膝《ひざ》を拳《こぶし》で叩いた。

「ああ……金が欲しい。えびす小僧に小判を撒いてもらいたい。あやつなら、なにに使うか、とかごちゃごちゃしたことを言わずに金をくれるのに……」

「えびす小僧を召し捕る側がそのようなことを言うてよいのか」

「よい！」

古畑はそう叫ぶと、湯呑みに勝手に酒を注ぎ、三杯立て続けに飲み干した。

「おいおい、飲んでもよいとは言うておらぬぞ」

「うるさい！」

古畑は四杯目を注ぐと、

「だれも私のことをわかってくれぬ。私は狙われているのだ。まことのことなのだ。それなのに信じてもらえぬ。気のせいだとか狂言だとか抜かすやつもいる。ああああ……ぎゃあああ……うおおおお」

わけのわからないことをわめきながら古畑は出ていった。幸助とお福は顔を見合わせてくすくす笑った。幸助が、

「あの男、どうやら十手を質に入れたようだな。無茶なことをする。流れてしまったらどうする気だ」

「それで焦《あせ》ってるのやろ。預かる方も預かる方やけどな」

「しかし、だとしたら、その十手がなぜ九兵衛の店に落ちていたか、だ」

ふたりは首をひねったが、その理由はいくら考えてもわからなかった。

◇

じゅうぶんに飲んだあと、幸助はお福に言った。

「俺は今から姫隈桜之進の全快祝いに行こうと思っているのだが、おまえはどうする」

「そやなあ。わたいもそのお方と近づきになりたいもんや。一緒に行ってもええか？」

「もちろんだ。面白い男だからおまえもきっと気に入るだろう」

「ほな、わたいはちょっと店に戻ってからあとで追いかけるわ。難波神社の裏手の『熊舎』やったな」

お福が先に出ていったあと、幸助は残りの酒をキチボウシに任せて、自分は長屋を出た。

（土産《みやげ》は途中で大福でも買うか……）

　時刻は夕方近いので日もややかげってはいるが、まだまだ暑い。こういうときは橋を渡るにかぎる。川風が心地《ここち》よいからだ。そう思って、福島羅漢まえから曾根崎川、堂島《どうじま》川、江戸堀と川を三つ渡り、大目橋《おおめばし》のたもとにある菓子屋で大福をあがなった。包みを受け取り、店を出ようとしたとき、幸助は立ち止まった。ふたりの男女が立ち話をしているのが目に入ったからだ。ひとりは見知らぬ若い女で、もうひとりは古畑良次郎だった。幸助は切れ目を入れた半紙を取り出して目に当てた。例の死神はまだしっかりと古畑の右肩に乗っており、ときどき長い舌をはいている。古畑と女はなにやら話し込んでいる。

（おやおや……これはとんだ濡れ場を見てしまったか……）

　そうではなかった。こっそり近づいて立ち聞きしてみると、ふたりの会話はいたって硬かった。

「先日はありがとうございます！　旦那さまのおかげでうちの子は命が助かりました！　なんとお礼を申し上げてよいやら……」

　女は何度も古畑に頭を下げている。古畑は苦々《にがにが》しい顔で、

「そんなに頭を下げるな。調子がおかしくなる。堅固《けんご》で暮らせよ」

「はい……でも、お借りした薬代、もうしばらくお借りしといてもよろしいやろか。針仕事だけではなかなかゆとりもできまへんさかい……」

「もう、よい。あの金はおまえにやったのだ。私が勝手にしたことゆえ、気にせずともよい。こう見えて、私は裕福で金はいくらでもある身なのだ」

「でも、それではあんまり……」

「よいと言うたらよいのだ。ああ、なんだかむずがゆくなってきた」

古畑は大きなくしゃみを立て続けにした。鼻を啜《すす》り込むと、

「では、私はこれで失礼する」

「わずかずつでもお返ししとおます。また、お屋敷の方をおたずねいたします」

「あー、来るな来るな！　そういうのはいちばん苦手なのだ。よいな、来てはならぬぞ」

またしてもくしゃみを連発した。幸助は面白過ぎて吹き出しそうになった。

「これからまだ町廻りだすか」

「うむ……ちょっと気になることがあって、博労町までまいる」

「さようでございますか。お役目ご苦労さまだす。旦那さまのようなお役人が増えた

ら、大坂の町ももっと住みやすうなりますのに……」

古畑はまたまたくしゃみをすると、

「よいな、このことはぜったいに誰にも言うてはならぬぞ」

そう言うと逃げるようにその場を離れた。女は頭を下げながらいつまでも見送っていた。

（さて……どちらにするか……）

古畑をつけていこうかと思った幸助だったが、思い直して女に話しかけた。

「あんたにききたいことがある」

びくり、として身を引こうとした女に幸助はできるだけにこやかな顔を作ると、

「怪しいものではない。俺は、葛鯤堂という絵師で、あの同心とは知り合いだ」

「なんのご用事だすか……」

「古畑というあの同心は、いつも役人風を吹かせ、袖の下をもらえば黒いものを白いというので世間から嫌がられている。あまりまわりから感謝されぬ御仁《ごじん》だ。近頃は義賊のえびす小僧の召し捕りを命じられたとかで、よけいに評判を下げているらしいが、あんたはあいつに礼を言うていたな」

女は顔をこわばらせ、無言で下を向いている。

「ぶしつけだとは思うが、あの男になにかしてもらったのか？　それを聞かせてくれ。というのは、俺はあの男を救いたいのだ」

「救う……？」

「古畑はだれかに狙われているらしい。あんたの話を聞けば、狙っているやつがわかるかもしれん」

　女はまだ疑わしそうな表情だったが、

「あの旦那はすばらしいお方だす。えびす小僧なんかよりもずっとずっとえらいと思てます。わてのような見ず知らずのもんに……」

　そこまで言って女は口を閉ざした。幸助はここが小右衛門町のすぐ近くであることに気づき、

「あんた、もしかしたらえびす小僧が金を撒いた長屋に住んでいるのではないか？」

「だったらどうだすのや。お金は全部、猿之森ゆうお役人にお渡ししました。隠したりしてまへんで」

「そんなことを言っているのではない。あんたは古畑から金をもらったのか？」

　女はしばらく黙り込んでいたが、

「へえ……うちの子がえらい病にかかって、ニンジンとかいう高い高い薬を飲まさん

かぎり命は助からん、て言われとりました。えべっさんが撒いたお金があれば買えたのに、猿之森が持っていってしもた。それをあの旦那が見かねて、お金を貸してくださったんだす！　おかげで子どもは助かりました。今は元気に遊んどります。古畑の旦那さまは、わてと子どもの命の恩人だす。生涯足を向けて寝られまへん」

「うーん……あいつがなあ……」

「最初は、持ち合わせの二朱を貸してくださって帰りはりましたのやが、気になったのかあとで引き返してきて、わての話を聞いたあと、暫時《ざんじ》待っておれ、金を取ってまいる、と言うてどこかに行きはりました。ほんまかいな、と思てたら、ほんまにお金を持ってこられて……」

　女は涙ぐんでいる。

「あの旦那は、自分はどえらい金持ちやさかい、五両や十両はなんでもない、ゆうてポンと五両のお金をくださいました」

　幸助は、古畑がお福に五両貸してくれと言っていたのを思い出した。

「いつかお返しするつもりだすけど、いらんいらんとおっしゃるのでしばらくはお言葉に甘えようと思とります」

「まことか。信じられぬ……」

「とにかくあの旦那を悪くいうやつ、わては許しまへんで！」

女は鼻息を荒く言い放った。幸助は苦笑いして、

「この大福を子どもにやってくれ」

「え……？　よろしいのん？」

幸助はうなずいた。どちらにしても全快祝いである。

◇

「旦さん……旦さん！」

番頭がどたばたと部屋に飛び込んできたので、近江屋の主は飲んでいた茶を置いた。

「どないした」

「若旦那が帰ってきはりました。お金を取りにきたみたいだすけど、ひっつかまえて、今、丁稚に見張らせとります」

「おお、そうか。すぐにここに連れてきなはれ！」

まもなく丁稚三人に伴《ともな》われて、額が張りだし、目鼻が顔の下半分に集まっている若い男がぶすっとした顔つきで現れた。

「なんだす、お父《と》っつぁん。わては忙しいんだす。用事やったらあとにしとくなはれ。ちょっとお金が欲しいんで、取りにきただけだすのや。すんまへんけど十両ほどお小遣いもらえまへんか」

口調は町人のそれだが、髷は小銀杏、着ているものは着流しで大小を差している、という同心のような姿である。

「ええからそこへ座れ。与七、おまえ、今差してるのはうちの蔵から持ち出した刀やな。十手はどうしたのや」

「言いましたやろ。あれはどこぞに落としました」

「ドアホ！　質屋のせがれが質草を勝手に持ち出して、落としたやなんてよう言えたな。どこで落としたのや」

「さあ……どこやったかいなあ」

「博労町の提げもの屋やないか？」

「な、なんでそれを……」

「その大小と十手を質入れしたお役人が来られてな、博労町の提げもの屋で自分の十手を拾ったという子どもがいる、という噂を聞いた、勝手に持ち出していないかどうか確かめにきた、とおっしゃる。もっともな話やが、おまえが持って出てるさかいお見せすることができん。屁理屈を言うて番頭どんが断ったけど、わしはいてもたってもおれんようになって、その提げもの屋にこっそり様子をうかがいに行ったのや」

「しょうもないことせんでええのに」

「そうしたら……その店の主がしばらくまえに刀で斬られて、十手はその場所に落ちてたらしい。丁稚の話では、やったやつは同心姿やったそうな」

「へえー、辻斬りだすやろか。運の悪いやつや」

「提げもの屋の主は、命は取り留めたが、まだ目を覚まさんそうや」

「な、なんやて……？　命を取り留めた？」

「そうや。医者がつききりで看病しとるらしい。目ぇ覚ましたら、だれがやったかわかるさかいな」

与七の顔つきが変わった。主は、

「子ども時分からおまえはお侍が好きやった。ことに同心が好きで、町廻りのお役人を見つけたら、ずーっとあとをついてまわってたな。正月用の羽織はかまを持ち出して、紙で刀と十手を作って、近所の子を集めて『同心ごと』ゆうごっこ遊びをしとったな。あのころは、可愛らしいもんやと思てたが、それが高《こう》じてほんものの同心そっくりの着物を注文して、十手を鍛冶屋に作らせて、刀も芝居で使う竹光を調達して、髷も小銀杏に結うようになった。その格好で近所をうろうろして、町の連中が同心と間違うて頭下げるたびににやにやする……これはあかんのとちがうかと思うたけど、止めると怒るさかいになにも言えなんだ。今にして思えば、ひっぱたいて無理にでもやめさせるべきやった……」

「ええやないか。同心の真似してなにが悪い。だれにも迷惑かけてないやろ」

主は与七の腰から大刀を抜き取ろうとした。与七は抵抗したが、主は鞘《さや》ごと刀を手に取り、刃を検《あらた》めた。

「お、おまえ……この刀、刃が曇《くも》っとる。これは……血糊《ちのり》やないか。やっぱりそうか……」

声を震わせる主の手から与七は刀をひったくり、むしゃぶりついてくる主と番頭を蹴り倒した。刀を腰に差すと、

「あの主……生きてたとはなあ……」

そうつぶやくと部屋を出て行った。ようよう起き上がった主は、

「えらいことになった……。番頭どん、わしは腹くくったで。あいつはもう勘当《かんどう》する」

「え？　まさか……」

「こうなったらしゃあない。ひとを傷つけるのはいちばんあかんが、そもそも店の預かりもんを勝手に持ち出すのはご法度《はっと》や。そんなやつが身内にいては質屋は続けられん。跡取りにするつもりやったが、明日にでも親類呼んで話を決めてしまう」

「そうだすな。手遅れにならんうちに縁を切りはった方がええかと思います」

そのとき、

「おーい、主はおらぬか！」

表から声がした。丁稚がやってきて、

「お客さまが旦さんに会いたいゆうてはります」

「今、取り込み中や、ゆうて帰っていただけ」

「十手を質入れした件で、て言うてはりますけど……」

「な、なに？」

主は目を剝《む》いた。番頭に支えられながらよろよろと店に出た主を待っていたのは、むさくるしい格好をした痩せぎすの男だった。

「絵師の葛幸助と申す。あんたが主か……？」

◇

「許せよ」

ひとりの武士が博労町の提げもの屋「九兵衛」のまえに立った。格子柄の着流しに黒紋付という姿である。丁稚が、

「おこしやす」

「わしがなにに見える？」

「なに、て……町奉行所のお役人やおまへんのか」

額が張り出し、顔の下半分に目鼻が集まっている。

「正解。わしは西町奉行所の高々高右衛門《たかだかたかえもん》という同心だ。主が斬られた一件のことで参った。主はおるか」

「今、店にはいてまへん」

「御用の筋だ。どこにおるか申せ」

「あの……怪我をしてお医者の先生のところにいてますねん」

「さようか。その医者の住まいはいずれだ」

丁稚がところ番地を告げると武士は帳面にそれを書き留め、

「もうひとつききたいが、おまえはこのあたりで十手を拾《ひろ》ったか？　お上の詮議ゆえ包み隠さず申せよ。嘘をついたら召し捕るぞ」

「さあ……わては存じまへん」

「まことだな？」

「へ、へえ……」

「この店にはほかに子どもはいるか？」

「うちは丁稚はわてひとりだす。ご番頭は用事で出かけてはりまして……」

「おとなはどうでもよい。子どものことをたずねておるのだ！」

男のぴりぴりした態度に丁稚はビビりながら、

「それやったら、坊《ぼん》がいてはりますけど……」

「どこだ？　どこだ？　どこにいる？」

「たぶん寺子屋やないかと……。難波神社の裏手にある『羆舎』ゆうところで、先生がひぐまみたいなおっさんやさかい筆子からは『ひぐま先生』て呼ばれてます。わても坊のお迎えに行ったときになんべんか見ましたけど、ほんまに熊みたいな……」

「そんなことはきいておらぬ！　邪魔をしたな。よいか、丁稚……」

男は顔を丁稚に近づけると、

「これはたいへんな事件なのだ。わしが来たことも、わしがたずねたことも、すべて内密にしておれ」

「ご番頭にもだすか？」

「そうだ。漏らすと……おまえの命が危ない」

「ひえっ……黙ってま黙ってま」

「るはははは……それでよい。それでよいぞ！」

去っていく男を見送りながら丁稚が震え上がっていると、

「許せよ」

またまた同心風の男がやってきた。手下らしい男をひとり連れている。

「なんだす？」

「私は西町奉行所の同心、古畑良次郎というものだ。ここで十手を拾ったというのはおまえか」

丁稚はかぶりを振り、

「おんなじこときくなあ……」

「おんなじこと？　どういう意味だ」

「今、西町奉行所の同心ゆうひとがやってきて、十手を拾ったのはおまえか、てたずねはりましたもんで……。あっ……言うてしもた！　けど、まあええやろ。おんなじ西町のお役人やさかい……」

「なーにをごちゃごちゃ申しておる。その同心は名乗ったのか？」

「へえ、高々高右衛門さんとおっしゃるお方で……」

「なんだと？　そんな名前の同心は西町にはおらぬぞ。どのような面相《めんそう》か覚えておるか？」

丁稚が顔つきを説明した。

「ふむ、でこが張り出しているのだな。――で、おまえはどう返答したのだ」

「わては十手なんか知りまへん、ここには子どもゆうたら坊がいてるぐらいだす、て言うたら、坊の居場所をきいて、このことを漏らすとわての命が危ないさかい黙ってろ、とおっしゃって、出ていきはりました」

「怪しいにもほどがある。その寺子屋はどこだ」

「さっきも言いましたで。めんどくさいなあ……」

「貴様、お上の御用にめんどくさいなどと抜かすと、召し捕るぞ」

「ひえっ、そこもさっきの同心とよう似てる」

「とっとと申せ！」

丁稚が羆舎の場所を言うと、

「忙しい忙しい。――白八、参るぞ！」

古畑は白八とともにあわてた様子で店を出ていった。

「なんや今日は同心の寄り合いでもあるんかいな……」

丁稚はつぶやきながら店の掃除をはじめた。

◇

「来ておらぬ、となʔ」

羆舎の玄関先で古畑は言った。姫隈桜之進はうなずき、

「父親が大怪我をして以来、銅太郎はここには顔を見せぬ。回復するまでは仕方あるまいとは思うておるが……」

「その子ども、店には寺子屋に行くと言い置いて出かけているようだが……」

姫隈は丸太のように太い腕を組み、

「父親のことが心配なのだろう。まだ眠ったまま目を開けぬそうだ」

ぞ」

「回復ののぞみはあるのか？」

「ある、と医者は言うておった。わしもそれを信じている。——それにしても妙だな。ついさっきもあんたと同じような同心が来て、銅太郎のことをきいて、帰っていった

「なに？　まさかそやつ、西町奉行所の高々高右衛門ではなかろうな！」

「いや、東町奉行所の唐茄子大根兵衛《とうなすだいこんべえ》と名乗った。不思議な名前もあるものだ」

白八が、

「不思議な名前、て……そんなもん偽名に決まってますがな」

「偽名か？　なるほど、そうかもしれぬ」

姫隈は笑った。古畑が、

「医者のほかに銅太郎が立ち回りそうな場所はないか？」

「わしにはわからぬが……おい、おまえたち……銅太郎になにかしようと企んでおるのではなかろうな。そんなことがあればわしが承知せんぞ」

姫隈は巨体をずいとまえに出した。古畑はあわてて、

「私は銅太郎に、あることをききたいだけだ。——ご免！　白八、行くぞ！」

そう言うとふたりはその場から退散した。ふところ手をして歩きながら古畑は、

「やはり、十手は銅太郎という子どもが持っているようだな」

「お医者の先生のところで騒動起こすのはまずいと思いまっせ」

「さっきの提げもの屋の近くに張り込んでおれば、いずれ戻ってくるはず……」

　そこまで言いかけたとき、道のかたわらに積んであった用水桶の陰からなにかが突き出された。箒の柄に五寸釘をくくりつけた手製の槍のようなものだ。突然のことで古畑は避けようがなく、その場に派手に尻餅を突いた。用水桶がひっくり返り、着物はどろどろである。五寸釘は古畑の首ぎりぎりをかすめて、空《くう》を突いた。

「おとんの仇！」

　槍はなおも繰り出された。その先端は古畑の脇腹を狙っていた。

「やめろ……やめろと申すに！」

　古畑は地面に座ったまま十手を抜き、槍を打ち払おうとしているが、相手が子どもだと気づいた。

「お、おまえは銅太郎か？」

「そや。おまえ、古畑良次郎やろ。おとんの仇じゃ！」

「ちがうちがう！　そうじゃない！　そうじゃない！」

　古畑は必死に後ずさりしながら手をひらひらと打ち振ったが、銅太郎は何度も何度も槍で突っかかってくる。

「私は仇ではない。白八、なんとかしろ！」

「なんとかせえと言われても……」

おろおろする白八は十手を抜いて、

「あのなあ、坊《ぼん》、うちの旦那はアホで、無能で、こずるうて、卑怯《ひきょう》で……ほかになにかあったかいな……とにかくダメ役人やけど、坊のおとんを斬ったりはしてないのや」

古畑は、顔をカクカク上下させてうなずく。

「嘘つけ！　おまえの名前の入った十手が店に落ちてたのや！」

銅太郎が槍を構えて猪《いのしし》のように古畑に突進した。

「ひええっ……！」

古畑は身体を反転させ、地面を掻きむしるようにして逃げ出したが、恐怖のあまり思うように進めない。五寸釘が古畑の背中に刺さろうとした瞬間、

「待てっ！」

飛び込んできただれかが横合いから釘をつかんで、方向を変えた。その人物の顔を見て銅太郎は、

「あっ……かっこん先生！」

「銅太郎、この同心がおまえの父親の仇ではないのはまことのことなのだ。刀を見せてもらえばわかる」

銅太郎は半信半疑な顔つきになって槍を引いた。そこへ少し遅れてお福もやってきて、

「いちばんええ見せ場を見逃してしもたがな」

古畑は白八に、

「おい、起こしてくれ」

「へえへえ……どぶへ落ちたみたいやなあ、情けない……」

「うるさい！」

古畑は立ち上がると、腰をかがめて銅太郎に言った。

「私はおまえの父親を斬ろうにも斬るものを持っておらぬ。——見ろ」

「それにしても……」

古畑は大刀と小刀を同時に抜いた。銅太郎はびくっとしたが、その刀身を見て笑い出してしまった。

「竹光や……！」

古畑は十手を銅太郎に見せた。途中でへにゃっと折れ曲がっている。

「割り箸でこしらえて、銀紙を巻いたのだ。赤房の十手を差しておらぬと同心として格好がつかぬからな。だが、抜くとこんな風になってしまう」

古畑はため息をつき、

「ちょっとしたわけがあって、私の大小と十手は質屋に入っておる。竹光ではおまえの父親を斬ることはできぬ」

銅太郎はぺこりと頭を下げ、

「すんまへん！　わてが間違《まちご》うてました！　危なく怪我させるところやった。ごめんなさい……」

古畑は、

「私も命が縮んだぞ」

そう言って幸助を振り返り、

「竹光だとどうしてわかった？」

「あんたが小右衛門町の長屋の女と立ち話しているのを耳にしてな、そのあと女にきいてみたのだ。おまえが子どもの薬代として金を渡したが、それでは足らぬと言うとどこかに行き、しばらくすると戻ってきて残りの金をくれた、と聞いた。三十俵二人扶持《ぶち》の同心が五両もの大金を持っているはずがない。それで、小右衛門町の近くにある質屋を回ったのだ。最初に入った近江屋という店が当たりだった。あんたは十手と大小を質入れして、金を作ったそうだな」

「金がなくて請け出せなかったが、しばらくして博労町の提げもの屋の主が斬られ、その場に私の名が書かれた十手が落ちていたと聞いたので、探していたのだ。ああ、情けない。金が仇の世の中だ」

「いつものあんたらしくないな。どうして母親に金を渡す気になった？」

古畑は鼻を鳴らし、

「どうでもよかろう」

「よくはない」

「東町の猿之森殿が、あの長屋の連中にあまりに傍若無人な態度を取るので、だんだん腹が立ってきた。私はたしかに御用風を吹かして、袖の下なんぞは喜んで受け取るが、町人を殴ったり、病人をいじめたりはしない……ような気がする。猿之森殿は、いくらえびす小僧が憎いとしてもやり過ぎだ。盗人の召し捕りよりも、盗まれた金の回収の方を大事にしておられるように思えてな……。あの長屋の連中にとっては、えびす小僧が金を撒いたことがかえって不幸を呼んだわけだ。ああいう役人ばかりではない、ということをちょろっと見せたかったわけだ」

「あんたなら、恩を着せるだけ着せてから、高い利子をふっかけるのかと思うていたが、あの女はあんたのことをえびす小僧よりもずっとありがたいと言うていたぞ」

「たまには私もかっこつけてもよかろう。――ぶあっくしょん！　ぶぁっくしょん！ぶあっくしょん！　ああ、痒《かゆ》い。痒くなってきた」

「どうしたのだ」

白八が、

「うちの旦那は、ひとにほめられるとくしゃみが止まらんようになって、身体にぶつぶつが出まんのや」

「難儀《なんぎ》な御仁だな」

古畑は、

「しかし、困ったわい。五両の金ができぬと大小も十手も請け出せぬ」

お福が、

「わかったわかった。今回かぎりはわたいが出したるわ」

「なに？　それはありがたい！」

古畑はにやりとして、

「じつは五両は元金で、利を足さねばならぬのだ。悪いが六両……いや、十両頼む」

「しゃあないな……」

お福の出した金を古畑は押しいただき、ふところに入れた。白八が幸助に小声で、

「ほんまは五両二分ですみますのや」

銅太郎が、

「ほな、うちのおとんを斬ったのはほかにおる、ゆうことや。どこのどいつだす？」

幸助が、

「教えてやろう。――銅太郎、そこの繁《しげ》みを槍で突いてみろ」

言われて銅太郎がおっかなびっくり槍を繰り出すと、

「ぎゃあっ」

悲鳴とともに転がり出たのは小銀杏に着流しという同心姿の若者だった。古畑が、

「なんだ、おまえは……」

若者は立ち上がると、

「に、西町奉行所同心の池行幾太郎《いけいきいくたろう》と申す」

「西町奉行所ならば私の同輩ではないか。そんなやつは知らんぞ」

「東町だったかな……」

「そんなことを間違えるはずがない。貴様……偽同心だな！」

「わしが偽ものだという貴様こそ偽同心であろう」

「いーや、貴様が偽同心だ」

「貴様が偽同心だ」

「貴様だ」

「貴様だ」

呆れたお福が、

「おいおい、あんた、わたいにタダで登楼させ、て言うてきた西町奉行所の角田角太郎やないか」

「ひとちがいだ。わしは東町のえーと……」

考え込むふりをして下を向くと、

「えーい！」

刀を抜いてお福に斬りかかった。しかし、お福は敏捷《びんしょう》に体《たい》をかわし、右手で男の手首を打った。男は刀を落とした。

「私の刀だ！」

古畑が飛びついて拾い上げた。男は短刀を抜いたが、ふたたびお福に斬りかかるとみせて、逆さを向いて逃げ出した。しかし、しばらく走ったところに、髭面の大男がひとり通せんぼをしている。姫隈桜之進だ。

「唐茄子大根兵衛、逃がさぬぞ！」

「くそっ！」

男は短刀を構えて姫隈に突進したが、あっさり取り押さえられた。幸助たちも集まって、男を見下ろした。お福が、

「あんた、ほんまの名前はなんちゅうねん」

地べたに座り込んだ男は上目遣いでお福を見たが、しゃべろうとはしなかった。幸助が、

「俺がかわりに言うてやろう。質屋近江屋の若旦那、与七だろう」

与七は舌打ちしてそっぽを向いた。お福が、

「なんや。侍やないのか」

幸助が、

「この男は子どものころから同心にあこがれていて、髷や着物などを真似るだけではおさまらず、とうとう質草の十手や刀を勝手に持ち出して身に着け、同心のふりをして町の連中を恫喝《どうかつ》し、愉快がっていたのだ。――おまえが銅太郎の父親九兵衛を斬っ

たのだろう」

与七は顔を上げ、

「そや。気に入った根付をわてがタダでよこせ、て言うたら断りよった。十手を突きつけて、同心に逆らったらここで商売できんようになるぞと脅しても、商人が商売もんを差し上げるわけにはいかん、と言うさかい、カッとして刀を振り上げたら、しがみついてきよった。放せ、ゆうても放しよらん。えらい力でな、わても怖くなってきた。揉《も》み合いになって、刀の峰でどついたるつもりが……うっかり刃の方で斬ってしもたんや」

「おとんの仇……！」

銅太郎が槍を突き出そうとしたとき、

「おーい、銅太郎！」

向こうから走ってくるのは、頭を剃《そ》り上げ、十徳《じっとく》を着た、医者とおぼしき初老の男だった。

「あっ、周庵《しゅうあん》先生！」

医者はぜいぜいと肩で息をしながら、

「店に行ったら丁稚に寺子屋やと言われたんで、急いで来たのや。九兵衛が気ぃついたで！」

「えっ！」

「斬られたときのこともぺらぺらしゃべっとるし、腹がすいたと言うてうどんを二杯も平らげた。もう大丈夫やろ」

銅太郎は泣き出した。幸助は銅太郎に、

「あとは町奉行所に任せた方がよい」

「わかった、かっこん先生」

幸助は古畑に、

「なにをしている。あんたの手柄にしろ」

「よいのか？　しかし、十手がないとしまらぬなあ。――白八、おまえのをよこせ」

「嫌だす。返さんつもりだっしゃろ」

姫隈が笑いながら、

「あんたが欲しいのはこれだろう」

そう言って十手を渡した。

「こ、これだ！　ああ、私の十手！」

古畑は十手を与七に突き付けると、

「近江屋与七、観念いたせ！　西町奉行所同心古畑良次郎が召し捕ったり！」

そう叫ぶと、自身で与七に縄をかけた。

「きりきり歩め！」

与七は満面の笑みを浮かべ、

「ほんまもんの同心に召し捕られた！　夢がかなった！　ああ、うれしい！　るははは……るはははははは！」

とけたたましく高笑いした。白八が、

「旦那、お手柄おめでとうさんでございます」

「ふっふっふっ……これが私の実力だ。ああ……肩が重い。なにか乗っているのではないか」

「なにも乗ってまへんで。四十肩とちがいますか」

「馬鹿を申せ。私はまだ二十代だぞ」

三人を見送りながらお福が、

「まあ、めでたしめでたしや。これでなにもかも解決したわけやな」

幸助は半紙を取り出し、切れ目から古畑の後ろ姿を見た。しかし、その肩のうえにはまだウサギのようなヒキガエルのような小動物がべちゃと乗っている。

「なにしとるんや」

きょとんとした顔でお福が言った。幸助はため息をつき、

「まだ、なにもかも……とはいかぬようだ」

◇

「ありえぬことぞよ」

老人姿のキチボウシが言った。残り少ない酒をちびりちびりと飲み、スルメをかじっている。

「死神に憑かれたものはかならず死ぬ。まあ、よほどどんくさい、目先の効かぬ悪神ならばべつじゃが……」

「おまえのようにな」

「うるさい。つまり、古畑がその子どもに仇討ちされて死ぬ、というのが間違うていたわけじゃぞよ」

「あやつを殺そうとしているものがほかにいる、ということか。考えられんなあ……。死神が間違っているということはないのか？」

「死神は間違えぬぞよ」

そう言ってキチボウシはにやりとした。と、そのとき、前触れなく戸が開き、

「助けてくれえっ！」

そう叫んでまさに死神のような蒼ざめた表情で立っていたのは、その古畑だった。

キチボウシが、

「酒を置いておけよ。いや、いじきたないやつゆえこうしておこう」

ぺぺぺぺっと唾を湯吞みに吐きかけると、絵のなかに飛び込んだ。幸助が、

「よく駆け込んでくるやつだ。呼んだ覚えはないぞ」

冷たく言い放つと、古畑は戸をぴしゃりと閉め、

「こっこっ殺されかけた……」

「はあ？　もう銅太郎はあんたを狙うておらぬはずだ」

「そんなこと知るか！　私は会所の仮牢に与七をぶちこむと、その足で山田町《まち》の近江屋に行き、元金の五両と質料を返したのだ」

「あんたにしては律儀だな。質草を持ち出すような質屋に金が払えるか！　とか言って踏み倒すかと思っていたが……」

「それも考えたが、跡取り息子を召し捕ったのだから、そのうえ踏み倒すのは寝ざめ

が悪い。どうせひとからもらった金だから、思い切って払うことにした」

「跡取り息子をあんたに召し捕られたのだ。なにか言われたか？」

「いや……主はたいへん落ち着いていた。よく召し捕ってくれた、このまま放っておくともっとひどいことになるところだった、提げもの屋が一命をとりとめたのはありがたい、うちからも謝りを入れ、手厚くお見舞いをさせていただくつもりだ、と申していた。勘当しようと思っていたが、息子が罪をつぐなったら、自分の目の届くところに置いて、面倒を見るそうだ」

「それはなによりだが……」

「近江屋を出て、雑喉場の裏手にあるなじみの居酒屋に行こうとしたのだ。そうしたら……」

古畑は袖を幸助に示した。ざっくり斬られている。帯も斬られており、着物がはだけて汚いふんどしが見えている。

「私に武術の心得があったから、避けることができた。そうでなければ死んでいただろう」

「あんたに武術の心得があれば、五寸釘ごときではビビらんだろう」

幸助はそう言った。古畑は苦々しげに、

もう居酒屋の灯《あか》りが見える、というあたりで、川端にある柳の陰から突然斬りつけてきたらしい。凄まじい太刀風だった、というが、古畑の大袈裟《おおげさ》さを割り引いても、かなり腕の立つ相手だったようだ。古畑は、

「銅太郎の誤解は解けたはずなのに、どういうことだ！　近頃、ひとに恨みを買ったような覚えは……」

「ないのか」

「いや……ないことはない」

「だったら、あるのだな」

「む……えびす小僧の一件を手掛けるようになってから、四方八方から恨みを受ける。町廻りをしていても、『ほれ、あいつがえべっさんを召し捕ろうとしとる西町のアホ同心やで』『いてもうたろか』『石投げたれ』……みたいな会話が耳に入る。飲みにいっても、酒に小便を入れられていたことがある。あれが毒だったら私は……私は死んでいる」

上がり込んだ古畑はあぐらをかいた。幸助は苦笑して、

「そうまでして飲みにいきたいか。たいへんだな……」

「まあな……」

「迷惑千万《めいわくせんばん》だ！　恨むなら猿之森殿を恨むべきだ」

「しかし……それだけの理由でいきなり斬りつけてくるというのもおかしいな。えびす小僧は庶民の味方だが、此度の相手は侍だろう」

「間違いない。しかも、よほど腕の立つやつだ。仕損じたとわかったあと、逃げていく後ろ姿は侍のものだった。ううう……着物が泥だらけだったゆえ、家に戻って着替えたというに……帯も高かったのだ！」

「命をなくすところだったのだぞ。着物や帯を惜しんでいる場合か」

「命も惜しいが着物も帯も惜しいのだ！」

　古畑は鼻を啜った。幸助が、

「あんたがこれまで召し捕って打ち首や遠島になったものはかなりの数だろう」

「かなり……でもないが少しはいる。そいつらはもう死んでいるか島にいるかだから、このことに関わりはあるまい」

「そうとは言えぬ。そのものたちの家族があんたに復讐しようとしているのかもしれぬぞ」

「町奉行所の同心は、侍を召し捕ることはほとんどない。あるとしたら禄を離れた浪人がよほどの悪さをしたときだが……そんなやつを捕まえた覚えはあまりないなあ」

「近江屋に行くまえにだれかに会わなかったか？」

「うーん……そうだなあ……。あ、そうそう、猿之森殿に道でお会いした。町廻りの途中だったようで、小者《こもの》を何人か連れていた。盗賊吟味役の同心も同道しておられたので、ひと言ふた言立ち話をしただけだが……」

「なにを話した？」

「ついさきほど同心に化けて悪事を働いていた男を召し捕りました、と言うとほめてくださった」

「それだけか？」

「少し身体の具合が悪いので、近々同心を引退して、堺《さかい》に引っ越すかもしれぬゆえ、えびす小僧捕縛の件、あとはおまえに任す、と言うておられた。突然のことで驚いたが、それは荷が重うございますと申し上げた」

「引退か……。ほかには？」

「まえに拾った呼子笛はまだ持っているか、ときかれたので、もちろん持っております、と答えた」

「呼子笛？　なんのことだ？」

「これだ」

古畑はふところから笛を取り出し、幸助に示した。

「あんたのか？」

「いや……だれのものかはわからんのだ。もしかしたらえびす小僧のものかもしれんと思うたのだが、猿之森殿に笑われてしまった。呼子笛は同心や目明しが使うもので、盗人が使うわけがない、とな」

「どうやって手に入れたのだ？」

古畑は呼子笛を拾ったいきさつを説明した。

「私はてっきり猿之森殿が落としたのかと思い、届けにいったのだが、自分のものではないとのことだった」

幸助はその笛をひねくりまわしていたが、

「あんた今、この笛は長屋の屋根から落ちてきた、と言うていたな」

「ああ、頭に当たった」

「そうか……あんたは馬鹿か」

「な、なんだと？　なにゆえ私が馬鹿なのだ。言うてみろ！」

幸助はその理由を言った。古畑は呆然として、

「そうだったのか……たしかに私は馬鹿だった……馬鹿！　馬鹿！　この馬鹿！」

そして、湯呑みに残っていた酒をひと口で飲んだ。

「あっ……その酒は……」

「なんだ？　酒ぐらいケチるな」

「いや……まあ、俺はかまわぬのだが……」

そう言ったあと幸助は、

「これはひとつ、おびき出す手を使うか……」

とつぶやいた。

◇

「番人、なにごともないか」

翌日の夜半、本町の会所を猿之森が訪れた。正規の町廻りとはべつに、えびす小僧捕縛のために毎晩この時刻になるとえびす小僧が出没しそうな界隈《かいわい》を見回っているのだ。だから、役木戸、長吏、小頭などは引き連れず、ひとりきりだ。

「これはこれは猿之森さま、いつもご苦労さまでございます」

「いや、なに、これもえびす小僧を召し捕るためだ。苦労とは思わぬよ」

「ご立派なお心がけで……」

　番人が茶を汲《く》んで猿之森に出した。猿之森はひとくち啜ると、

「ところで今夜は西町のあのなんとかいう顔の長い同心……そうそう、古畑良次郎だ。あやつは廻ってきておらぬか。西町奉行所にきいたところ、今夜は夜番で、ここらあたりを廻る手はずになっている、と言うておったが……」

「いえ、今夜はまだお見えやございません」

「あやつめ、怠《なま》けておるな」

「へへ……あの旦那は手抜きが多くて、すぐに途中で飲みにいきはります。今夜もここに来はるかどうか……」

「けしからぬ。御用をなんと心得ておるのだ」

「けど、きのうやったかなあ、同心のふりをして悪さをしてる男を召し捕ったそうだっせ」

「それはわしも聞いた」

「古畑さまになんぞご用事でも？」

「いや……たいしたことではないのだが……。では、わしは見廻りの続きにまいるが、古畑が来てもわしのことは言うでないぞ」

「へ？　なんでだす？」

「おまえたちはいちいちきき返さずに、はいはいわかりましたと言うておればよいのだ」

「へえへえわかりました……」

猿之森が立ち上がろうとしたとき、どこかから呼子笛の音が聞こえてきた。ほぼ同時に会所に飛び込んできたのは白八だ。

「えらいこっちゃ！　すぐそこの長屋でえびす小僧が小判を撒いてるで！」

「なんだと、それはまことか！」

「あ、これは猿之森の旦那……ほんまだす。大騒ぎになっとりまっせ」

「けしからぬ。そやつはえびす小僧の偽者だ」

「なんで偽者とわかりまんのや」

「わしはえびす小僧のことはなんでもお見通しだ。――行くぞ」

猿之森は駆け出した。白八もあとに続いた。

「どこだ！　どこの長屋だ！　案内《あない》いたせ！」

「そこを曲がったところの路地を入って……ああ、それでおます」

猿之森が長屋の木戸をくぐると、

「さあさあ、えびす小僧の大盤振る舞いじゃ！　今宵も小判の雨が降る！　えびす小僧は小判がお好き。けど、えびす小判じゃのうて本物じゃ。さあ、もろたもろた！」

えびす神の面をつけた男が踊りながら小判を撒いている。長屋のものは争ってその小判を拾い集めている。

「喧嘩すなよ。なんぼでもあるで。ご所望なればこの長屋、小判で埋めてさしあげる。えびす小僧は小判がお好き！」

猿之森は十手を抜き、

「貴様、えびす小僧の名を騙る不埒千万の輩《やから》。この猿之森が召し捕ってやる。わしのやり方は少々荒っぽいが覚悟いたせ」

えべっさんの面をつけた男は、

「ほう……わたいがえびす小僧の偽者ゆうことがなんでわかる？」

「わしは長年えびす小僧を追いかけてきた。惜しいところまで追いつめて取り逃がしたことも幾度となくある。えびす小僧の身体つきや声音……貴様とは大違いだ」

「ほほう、そうだすか。よう知ってはりまんなあ」

「この大騙りめ。獄門台に送ってくれるわ」

「あのなあ、わたいがえびす小僧やないとしたら、なんぞ獄門になるような悪いことしましたか？」

「なに……」

「どこからも盗んでない、おのれの金をおのれの納得ずくで撒いただけや」

「ふっ……そんな酔狂なやつがこの世におるはずがない」

「ところがおるのや」

男はえべっさんの面を外した。その下から現れた顔は、お福旦那のものだった。

「そうだす。わたいが福の神……大金持ちでひとにお金をあげるのが大好きという福の神でおます。えびす小僧みたいな偽福の神とはちがうで」

「えびす小僧が偽福の神とはどういうことだ」

猿之森がそう言ったとき、長屋の奥からひとりの人物が現れ、

「えびす小僧は一見金をばらまいているように思えますが、じつはそのあと、あなたが長屋を廻って一文残らず回収しているのです」

古畑だった。

「貴様……なにが言いたい」

「結局、えびす小僧が商家から盗み出した金は、一旦は近くの長屋にばらまかれますが、あなたが小まめに回収するせいでそこの住人のふところには入らない。残るのは、

『えびす小僧という義賊がお金を恵《めぐ》んでくれたが、猿之森という同心に持っていかれてしまった。でも、えびす小僧は我々の味方だ』という気持ちだけです。そうすることによって、えびす小僧はずいぶんと仕事がやりやすくなる。皆が応援してくれ、かばってくれ、逃がしてくれますからね」

「…………」

「私もうかつでした。小右衛門町の長屋で、屋根のうえからこの呼子笛が落ちてきたとき、屋根ということはえびす小僧が落としたもののはずなのに、それが同心や目明しが持つものだ……という矛盾《むじゅん》に気づかなかった。猿之森殿……あなたがえびす小僧ですね。いやはや……それがわからず、あなたに『これはあなたのとちがいますか？』と笛を返しにいったのだから、私は大馬鹿でした」

「おまえが馬鹿なので助かったのだ。普通の同心ならすぐに気づくだろう」

「あなたは、これは自分のものではないとおっしゃいました。それはそうでしょう。自分のものだと言ったら、おのれがえびす小僧だと認めるようなもんですから。でも……私は馬鹿なのでそのことがわからなかった……」

「馬鹿のままでおればよかったのだ」

「あなたは私の口を塞《ふさ》ごうとしましたね。怖い怖い」

「おまえがいつまでも馬鹿でいるかどうかはわからぬからな。呼子笛の意味に気づくまえにあの世に行ってもらおうと思うたまでだ。偽のえびす小僧でわしをおびき出したつもりだろうが、わしもおまえが夜中に町廻りをしているところに待ち伏せして仕留めるつもりだったのだ。手間がはぶけたわ」

「私は今日、東町奉行所に行ってえびす小僧に関する書留を閲覧させてもらいました。猿之森殿はえびす小僧が盗んで、長屋などに撒いた金をほとんど回収しておられたはず。ならば、その金は商家や蔵屋敷などに返されねばなりませぬが、私の調べたところ、全部の案件において『金子・盗品は未回収』となっておりました。これはどういうことです」

「さてさて、わしにはとんとわからぬ。言うたであろう。わしはまもなく同心を引退する。あとのことは知らぬ」

「そんな虫のいい話はない。甘い汁を吸うだけ吸って勝ち逃げというのは許せません」

「許すも許さぬも、おまえは死ぬのだ」

猿之森は刀を抜いた。

「うへーっ」

古畑は蒼白《そうはく》になり、後ずさりした。長屋のものたちもあっという間にそれぞれの家に引っ込んでしまった。残ったのは古畑とお福、それに白八の三人だ。猿之森は古畑に斬りつけた。古畑は逃げようとして足を滑《すべ》らせ、その場に倒れた。

「ああ……またどろどろだ……」

「死ねっ」

猿之森は刀を逆手に持って古畑の胸に突き刺そうとしたが、お福が横合いからその手を蹴飛ばした。猿之森は刀を落としたがすばやく脇差を抜き、お福に飛びかかった。お福は小太刀でそれを受け止めた。二度、三度と刃がぶつかり合い、火花が散った。力と力の勝負になって猿之森が優勢となり、その脇差の切っ先がお福の着物を切り裂いた。白八が長屋に向かって、

「おおおい、みんな聞いてんか！　猿之森がえびす小僧やったんや！　自分で盗んで、それを義賊ぶってみんなに撒いたあと、自分で取り戻してふところに入れとったたのや！」

「なんやて！」

「それは聞き捨てならん！」

「今までありがたがってたのに……許さん！」

一旦は家に隠れていた連中がぞろぞろ現れた。手に手に包丁や竹ぼうき、すりこ木、鍋、徳利などを持っている。

「ようもだましよったな」

「なにが神さまや。この便所紙が！」

「どつきこましたれ！」

猿之森は脇差を振るって彼らに襲いかかると見せかけて、長屋の奥へと走り込んだ。

「アホめ、そこは行き止まりじゃ！」

それを聞いても、猿之森はますます奥へと入っていった。皆は追いかける。猿之森は行き止まりのところで振り返ると、にやりと笑った。そして、高々と跳躍《ちょうやく》し、屋根に上った。まさに猿のような身軽さだ。

「ふふっ……馬鹿どもめ、さらばだ」

彼はぽかんと口を開けている長屋の住民を尻目に、屋根のうえを駆け出した。しかし、行く手にひとつの影がぬうと立ち上がった。

「なにものだ」

「えびす小僧……いや、東町同心の猿之森、どちらの名で呼ぶのがよいかな。――はじめてお目にかかる。絵師の葛幸助と申す。古畑といささか知り合いなものでな……

まあ、そんなことはどうでもいい。待ちくたびれたぞ。いやあ、屋根のうえというのは危なっかしいものだな」

「どけ！　どかぬと斬るぞ」

「あんたは盗んだ金を近くの長屋に撒いたあと、いつもこうやって屋根伝いに長屋を抜け出して、どこかで同心の着物に着替えて、何食わぬ顔で金を回収していたのだろう。あんたにえびす小僧が捕まるわけがない。本人なのだからな」

「…………」

「俺は古畑から話を聞いて、今日、堺まで行ってきたよ。あんたが建てようとしている屋敷を見てきたが、たいそうな御殿だな。大店の主の別荘並ではないか。盗んだ金を貯めておいて、あんな豪奢《ごうしゃ》な屋敷を造り、引退して悠々自適《ゆうゆうじてき》に暮らすつもりだったのだろうが、そうはいかぬぞ」

「ほざけっ！」

猿之森が斬りつけてきた。さすがに慣れているだけあって、屋根のうえでも敏捷な動きだ。一方の幸助は、腰が定まらずへろへろ、よれよれしながらも身を交わし続けていたが、右足がボロ屋根を突き破ってしまい、動けなくなった。猿之森は勝ち誇った笑いを浮かべ、

「死ねっ」

脇差を振りかざして幸助の首筋に斬りかかった。幸助は咄嗟に、罷舎の文鎮を抜いて受け止めた。

「味な真似を……だが、つぎはない」

猿之森がとどめを刺そうとしたとき、なにかがその腕に当たった。石ころだ。石はつぎつぎと飛んできて、猿之森の顔や首、胸、腹などにぶつかった。見ると、地上から長屋の連中が石を拾っては投げつけているのだ。

「えびす小僧をやっつけろ！」

「わしらの敵や」

「ぶっつけたれ！」

信じていた相手に裏切られたとき、憎さは百倍となる。彼らの形相はすさまじかった。

「やめろやめろ、やめぬか！　やめぬと、こうだぞ！」

猿之森は立ち上がって脇差を投げつける真似をした。皆は蜘蛛《くも》の子を散らすように逃げたが、そのなかのひとりが投げた大きな石が猿之森の大きく張り出した額に当たった。

「あっ……！」

そう叫んで猿之森は屋根から墜落《ついらく》し、悲鳴を上げると、動かなくなった。落ちた拍子に、持っていた脇差の刃が左胸を貫いていたのだ。古畑が、

「怖あー……。南無阿弥陀仏《なむあみだぶつ》……」

ようやく足を引き抜いて屋根から下りてきた幸助は、半紙を取り出して、切れ目から古畑を見た。ウサギのようなヒキガエルのような小動物はゆっくりと古畑の肩から下りると、ちらりと幸助を見、長い舌を舌打ちするように入出させたあと、どこかへ去っていった。幸助はホッとした。

「旦那、ようございましたなあ。死んだとはいえ、えびす小僧を召し捕りましたのや。大手柄だすやないか」

しかし、古畑は神妙な顔つきで、

「こんな恐ろしい事件に関わり合いになるのはもうごめんだ。猿之森殿の最期《さいご》を見よ。いくら金がもうかっても、こんな死に方はしたくない」

「そらそうだすな」

「しかし、なんだか肩がすーっと軽くなったような気がする。今までなにか乗っていたのかな」

古畑はそう言って肩をくきくきと鳴らした。

◇

こうしてえびす小僧の一件はなんとか解決を見た。同心が盗賊を兼ねていたというおそまつ極まりない事件だったため、東西両町奉行所の信頼は地に落ち、瓦版はここぞとばかりにそのことを書き立てた。古畑は、手柄をほめられるどころか、猿之森がえびす小僧であることに気づかなかった、として西町奉行から大目玉を喰らった。だが、その顔はなぜか晴れ晴れとしていた。

猿之森が堺に建てようとしていた豪邸の建設はもちろん中止させられ、用地は売り払われ、隠してあった金は公儀に没収された。それらは貧乏人たちの手に渡る……はずもなく、すべてもとの持ち主である大店や大名家などに返却された。

「猿之森が先に死んだゆえ、死神は古畑を離れたのじゃ」

キチボウシが言った。

「長いあいだ古畑が殺されるのを待っていたのだから、さぞ落胆《らくたん》しておろう。腹もぺこぺこになっておるにちがいない」

「どこに行ったのだろう」

幸助が言うと、

「さあて……つぎの標的を捜しにいったのであろう。どこか居心地のよい場所があればそこに居座るかもしれぬ。おのしが毎日、半紙を目に当てながら町を歩いておれば見つかるかもしれぬぞよ」

「ああ、これか……」

幸助は半紙を取り出し、ぐしゃっと握りつぶした。

「もう二度とこんなものは使わぬ。あのウサギだかヒキガエルだかわからぬやつには会いたくもない」

そう言ったとき、すぐ近くで、

「ゲッゲッ……ゲッコウ……」

という声が聞こえた。びくっとした幸助は、足もとにウサギのようなヒキガエルのような小動物がうずくまっていることに気づいた。

「うわっ……」

思わず飛びのいたとき、

「かっこん先生、いてはりますかーっ」

明るい声を張り上げて入ってきたのは銅太郎だった。その後ろには酒樽を持った九兵衛と姫隈の姿もあった。

「おとんが元気になったさかい、先生にお礼しよと思て……」

それを見るや、キチボウシと死神は同時に姿を消した。つぎの瞬間幸助は、絵のなかの悪神たちの列にキチボウシとともにこれまではいなかった老人がひとり加わっていることに気づき、愕然とした。その老人はウサギのように耳が長く、舌を垂らしておりり、幸助を見てにやりと笑った。

素丁稚捕物帳 五

手妻おそるべし

「おーい、亀吉《かめきち》！」

筆問屋弘法堂《こうぼうどう》の番頭伊平《いへい》が帳場から大声で言った。しかし、返事はない。

「亀吉ーっ、亀吉ーっ。亀吉はいてまへんかーっ」

「亀吉はいてまへーん！」

店の隅《すみ》で筆に使う毛をえり分けていた亀吉が顔を上げてそう言った。

「いてまへんて、おるやないか」

「いてまへんで」

「おまえが亀吉やないか」

「亀吉が『亀吉はいてまへん』て言うとりますのやさかい、これは間違いおまへんで」

「なにをわけのわからんことを言うとるのや。お使いに行てきまひょ。ちょっと事情があって、すぐに高津町《こうづまち》の白樺屋《しらかばや》はんまでこの手紙を届けて、お返事をもろてきとくれ。大急ぎや。頼んだで」

「その事情てなんだんねん」

「それはおまえら丁稚《でっち》連中の知らんでええことや。おまえは手紙を届けて、返事もろてきたらそれでええのや」

「じつは番頭さん、今日わてはちょっと事情があって、お使いに行けまへんのや」

「なんやと？　その事情てなんや」

「それはあんたら番頭連中の知らんでええことだす」

「アホ！　しょうもない冗談《てんご》言うてんと、とっとと行きなはれ！」

「けど、あちらさんできかれたときに答えられへんと困るさかい、やっぱりその急いでる事情というのを一応は聞いとかんと……」

「いちいちうるさいやっちゃな。うちの三番蔵に『松の木』と書いた箱があるのや」

「ああ、珊瑚《さんご》の……」

伊平は不審《ふしん》げに、

「おまえ、なんで知ってるねん。だれにも言うてないはずやが……」

「そそそれは……旦《だん》さんと番頭さんが、なんか珊瑚やとか松やとか言うてはるのが聞こえたんで、そうかいなあ、と思うただけでおます」

「耳ざといやっちゃな。——そのとおりや。舶来《はくらい》の大珊瑚を一流の職人に磨《みが》かせて作った松の木の置《おき》もんでな、白樺屋の旦さんが古道具の市で競《せ》り落としたもんやそうな。なんでも、目ン玉が飛び出るほど高いらしいわ。おまえは見たことないやろけど、わてらは見せてもろた。枝ぶりもええし、松の葉の茂り具合も見事で、とても珊瑚の細工ものとは思えんかった。それを、こないだ嬢《とう》やんのお琴の会のときに飾らせてもらうためにお借りしたのや。——どないした。なんや顔色が悪いな。雪のなかに頭突っ込んだみたいな顔してるで」

「な、なんでもおまへん。続きをどーぞ」

「ほんまはあさってお返しすることになってたのやが、旦さんがえらい気に入ってしもてな、さっき急に、来月十五日のお月見の会にも飾りたい、と言い出しはったのや。それやったらいっぺん返して、またお借りするよりは、このまま十五日までお借りでけへんか、と思て……そのおうかがいの手紙や。お借りできるかどうかのお返事をもろてこい、というこっちゃ。——わかったか？」

「…………」

「わかったか？」

「………」

「わかったか、て言うとんのや」

「わかた……わかた」

「わかったら、早《はよ》う行きなはれ。寄り道せんと、とっとと帰ってくるのやで」

「あの……あの……珊瑚の松の木、来月の十五日に飾りますの？　蔵から出しますの？」

「そや」

「けど、お月見ゆうたらススキを飾るもんとちがいますか。松の木なんか飾ったかて似合いまへんで」

「それが、八月十五日の中秋《ちゅうしゅう》の名月は、またの名を『三五の月』という。『三・五・十五』という洒落《しゃれ》やそうな。それで、三五やから珊瑚の置ものがええやろ、と旦さんが思いつきはったのや」

「しょうもない！」

「わてもしょうもないとは思うけどな……」

「旦さんに言うたげなはれ。そんなしょうもないことしたら弘法堂の暖簾《のれん》に傷がつくさかい、やめときなはれ、て……」

「そんなこと言えるかいな。旦さん、『ものすごくええこと思いついた』ゆう顔でえらいご機嫌なんや」

「番頭さんが言えんのやったら丁稚のわてが、心を鬼にして……」

「アホか。――行けと言うたら行かんかい！」

「へーい……」

蒼白《そうはく》な顔で亀吉はふらふらと立ち上がったが、どうも動きにいつものキレがない。ぎくしゃくしている。手紙をふところにしまい、店を出ていこうとするのを見て、伊平は後ろから声をかけた。

「亀吉、おまえ、ほんまに大丈夫か？」

亀吉は振り返り、

「なにがでおます」

「なんか、動き方がカクカクしてるというか……肘《ひじ》も直角に曲がってるし、顔もこわばってるし、カラクリ人形みたいやで。――ああ、わかった。おまえ、ナンバになってるわ」

「難波《なんば》になんか行ってまへんで」

「そやない。ほんまは右足と左手、左足と右手を同時に出すもんやけど、右足と右手、左足と左手が一緒に出てるのを『ナンバ歩き』というのや」

「えーと……右足と左足を一緒に出しまんのか」

「ちがうちがう、そんなことしたらコケる……ああ、やっぱりコケたがな」

仰向《あおむ》けにひっくり返り、手をカクカク動かしている亀吉を起こすと、

「亀吉やのうて、ほんまもんの亀やがな。おまえ、どないしたんや」

「なんやしらん、歩き方を忘れてしもたんだす」

番頭はため息をつき、

「おまえとほたえてる暇《ひま》はない。歩き方……思い出さんかったらコレやで！」

げんこつに息を吹きかけたが、亀吉は跳《と》び上がって走り出す……かと思いきや、そのままの歩き方でカクカク……カクカク……と店を出ていった。しかも、ドブにははまる、塀にはぶつかる、昼寝していた猫は踏みつける……心ここにあらずの体《てい》であることは伊平にもわかった。普段の伊平なら、

（怪しいな……あいつ、なんぞ隠しごとでもしとるのやないか……）

と疑うところだが、しかし、今はほかに丁稚の手が空《あ》いていない。ちょうどそのとき、大量の筆の材料（狸《たぬき》の毛やウサギの毛など）が荷車で運び込まれたこともあって、忙しさにとりまぎれ、伊平は亀吉のことを忘れてしまった。

（えらいこっちゃ……えらいこっちゃ……えらいこっちゃ……！）

亀吉は高津町に向かう道すがら、心のなかで百《ひゃっ》ぺらぺんも「えらいこっちゃ」を唱《とな》えていた。たしかにとんでもなくえらいこっちゃなのである。丁稚亀吉最大の危機である。

◇

どすーん！

「こらあ、素丁稚、気ぃつけんかい！」

「すんまへーん！　考えごとしてましたもんで……」

橋のうえで行き当たった職人風の男に怒鳴《どな》りつけられ、亀吉は平謝《ひらあやま》りに謝った。

「ちゃんとまえ向いて歩け！」

言い捨てて男は行ってしまった。亀吉は橋のうえで座り込んでしまった。

（ああああああ……どないしたらええやろ。いっそこの川に飛び込んでしもたろか……いや、そんなことはでけへん。ふた親が悲しむし、将来の弘法堂の主《あるじ》になるはずのこの亀吉（勝手に本人がそう思っているだけである）、今ここで花と散るわけにはいかん。なんとかこの難儀《なんぎ》を乗りきらな……。けど、どないしたら……）

亀吉は頭を抱《かか》えた。

（素直に旦さんに謝ったらどやろ。「亀吉のことや。いつもお店《たな》に忠義《ちゅうぎ》を尽くしてくれてる。しくじりいうたかて、かわいらしいしくじりやないか。亀吉のかわいらしさに免《めん》じて、今度は許したるわ」となるかもしれん……ならへんやろか……ならへんわなあ……あああ……）

亀吉の「難儀」というのはこうであった。白樺屋から「松の木」という珊瑚の細工ものを弘法堂の主森《もり》右衛《え》門《もん》が借りた、というのを、亀吉は主と番頭の話から知った。立ち聞きしたわけではなく、掃除をさぼって仏壇のまえで寝ていたら、隣室の会話が耳に入ったのだ。なんでも、南蛮から輸入したものを有名な細工師が加工した名品だそうだ。

「珊瑚は七宝《しっぽう》というてな、金、銀、瑠璃《るり》、玻璃《はり》、シャコ、瑪瑙《めのう》と並ぶ宝物やが、白樺屋さんのは百年ものの赤珊瑚で、それはそれは美しい。今度の袖《そで》のお琴の会に飾ったら色を添えてくれるやろ。くれぐれも言うとくが丁稚や手代には見せることはならんで。うっかり壊してしもたらとりかえしつかんさかいな」

袖というのは今年十六歳になるこの家のひとり娘である。

「へえへえ、承知しとります。三番蔵に入れときますわ」

三番蔵というのは、筆作りの材料となるいろいろな獣の毛や竹などを入れてある一番蔵、二番蔵、四番蔵、五番蔵……などとちがって、店にとっての資本である千両箱や、主が趣味で集めた値打ちのある品々も保管されており、丁稚や女子衆《おなごし》は軽々しく出入りできない。入るには、番頭が管理している入り口の錠の鍵が必要である。

しかし、そのやりとりをしっかり聞いた亀吉は、

（うわあ……珊瑚の松やて。どんなんやろ。きっと夢みたいにきれいなんやろなあ……）

亀吉はまえに見た絵草紙に、浦島太郎が竜宮城で乙姫《おとひめ》さまから歓待を受けている場面で、左右にたくさんの珊瑚がお花畑のように並んでいたのを思い出した。

（桃太郎が鬼ヶ島からぶんどってきた宝も、「金、銀、珊瑚、綾錦《あやにしき》」やった。珊瑚ゆうのは、わては珊瑚玉ぐらいしか見たことないけど、たぶん美しいもんなんやろなあ……）

亀吉は、その細工ものが見たくて見たくてたまらなくなってきた。

（旦さんと番頭さんだけ、ていうのはずっこいわ。わても見たい。見たい。みーたーいー！）

やがて、袖のお琴の会もつつがなく終わり、珊瑚の松はふたたび三番蔵へと戻された。

「どないだした、嬢《とう》やん」

亀吉は機を見て袖に話しかけた。

「わたいのお琴かいな。先生も上手やったてほめてくれはった。お客さんもみんな上《う》手《ま》い上手いて……」

「へえー、嬢やんのお琴が上手や、てみんながお世辞を……」

「お世辞やあらへん。ほんまにそう言うてくれはったんや」

「そうだすか。けど、嬢やんのお琴なんかどうでもよろし」

「なんやて？　亀吉、あんた、失礼すぎるやないの」

「あ、いや……わてがききたいのは『松の木』のことでおます。さぞかしきれいだしたやろな」

「ああ、珊瑚の松かいな。もちろん見事やったよ。お父ちゃんも、よう借りてきてくれはったわ。あんなきれいな珊瑚細工、今まで見たことないわ」

「へえー……」

亀吉のなかの「珊瑚見たい欲」はどんどんふくらんでいった。

そして、亀吉はある日伊平に、

「三番蔵に入ってる太い竹を三束《たば》、持ってきてんか。——これ、鍵や。ちゃんと締めてくるのやで」

と命じられた。小躍《こおど》りしながら亀吉は蔵に入り、竹はほったらかして、真っ先に珊瑚の松を探した。それは、いちばん奥の二段目の棚に置いてあった。蓋《ふた》に「松の木」と書かれており、厳重に太い紐《ひも》で縛られていた。

（これやこれや……）

亀吉は紐をほどくと、蓋《ふた》を取った。なかには紙に包まれたものが入っていた。両手で持ち上げて隣の棚にそっと下ろし、紙を取る。

（これが珊瑚の松か……）

たしかにきれいなものではあったが、蔵のなかはほとんど日が入らず、よく見えない。亀吉は、明かり取りの窓の下まで持っていった。

（うわあ……これはすごい！）

亀吉は、その細工もののあまりの見事さにうっとりした。

（きれいやなあ……まるで竜宮城にいるみたいや……。珊瑚て、こんなにきれいなもんなんか……。おやえちゃんにも見せてあげたいなあ……。きっと喜ぶやろなあ……）

おやえちゃんというのは弘法堂に子守り奉公に来ている娘である。今、弘法堂には亀吉、鶴吉《つるきち》、寅吉《とらきち》、梅吉《うめきち》と丁稚が四人いる。ひょうきんでおちょけ（お調子者）の亀吉、知恵のある鶴吉、力の強い寅吉の三人が同い年で、梅吉は少し下だ。この四人におやえを加えた仲良し五人が「丁稚同心組」（亀吉命名）という団体を結成し、「日夜、大坂の町の治安と平和のために活躍している（亀吉談）」のだ。

（おやえちゃん、通りかからんかなあ……。さっき坊《ぼん》の泣き声がしてたから、この辺にいてるはずや……）

亀吉はその松の木を持ったまま蔵の出口に近づいた。おやえがまえを通るかもしれない、と思ったのだ。そして、本当におやえが赤ん坊をあやしながらやってきた。

「あっ、おやえ……」

と言いかけたとき、亀吉の足が滑《すべ》った。すてーん！　と派手に転び、珊瑚の松を落としてしまった。亀吉はでぼちん（額）をしたたかに打ったが、それどころではない。あわてて起き上がると松を調べたが、

「あ、あ、あかん……」

亀吉はボーゼンとした。枝が一本、ぽっきり折れてしまっている。目のまえが真っ暗になる、というが、亀吉はまさに頭から黒い布をかぶせられたみたいに視界が暗くなった。

（終わった……）

折れた枝をもとのところに当ててみたが、もちろんくっつくわけがない。謝ろう。謝ってどうこうなるものではない。叱《しか》られる……いや、そんなことですむはずがない。店をクビになるのは間違いないだろう。それだけでは終わるまい。高価な細工ものを壊したのだから、弁償しなければならない。丁稚の給金だと、一生かかっても払い切れないかもしれない。だとしたら、白樺屋の主が町奉行所に訴え出て、亀吉は召し捕られるかもしれない。十両盗めば首が飛ぶのが決まりだが、この珊瑚の松はもっと高いだろう……。

（わて……首が飛ぶのいややや……！）

クビならともかく首は困る。亀吉は震《ふる》え上がった。松の木と折れた枝を紙で包み直し、箱のなかに戻す。蓋をして、紐をかけ、もとの棚に置く。

（そや……竹や……）

番頭に命じられていた竹を三束担《かつ》ぐと、蔵を出て、錠《じょう》をおろす。もちろんおやえはとうにどこかに行ってしまっていた。

（もし、しばらく見つからんかったら、わても知らんぷりしとこ。あとで枝が折れてることがわかっても、だれの仕業《しわざ》やわからんやろ。そや……そないしよ……）

亀吉は竹を店に持っていったが、伊平は、

「遅かったな」

ともなんとも言わずに、

「そこに立てかけといてくれ」

と言っただけだった。亀吉は胸を撫《な》でおろした。

以来、亀吉はいつ枝の破損が露見《ろけん》するかと怯《おび》えながら過ごしていたが、主の森右衛門も番頭の伊平もなにも言わない。

（しめしめ……気づいてないみたいやな……）

亀吉は、このまま永久にだれもあの箱のなかを見ないでくれればいいのに……と思った。しかし、もちろんそうはいかないだろう。いずれ白樺屋に返す日が来る。そのとき、なかを検《あらた》めるだろう。でも、亀吉がやったとはわからないはずだ……。

やがて、亀吉はだんだんと「松の木を壊したこと」を忘れていった。仕事をこなしたり、遊んだり、食べたり、寝たり……という日々の暮らしのなかで、記憶が薄れていったのだ。

（もしかしたら、あれは夢だったのかも……。今、見にいったら、ちゃんと枝は元どおりになってるんとちがうやろか……）

そんなことを思っているときに、不意打ちのような今日のお使いである。亀吉は、

（やっぱり夢やなかった……どないしょどないしょ……）

どないしょと言ったとて、どないしょもこないしょもない。亀吉は、熟睡《じゅくすい》していたらいきなり叩き起こされて現実に引き戻された気分で、よたよたと白樺屋に向かった。

（えらいことになったなあ。もし、わてがやったとバレへんかっても、嬢やんのお琴の日から今までのあいだに三番蔵に入ったもんはだれや！　て問いただされたら、たぶん四、五人に絞られるやろ。そこで旦さんの厳しい詮議《せんぎ》に遭《お》うたら……いや、もしかしたらお奉行所のお役人に取り調べられたら……あああ、白状してしまうかもしれん。いややあ……あのとき、松の枝を折ってしもたときに、ただちに荷物まとめてもらいます。「長々お世話になりましたが、よんどころない事情ができて、今日でお店を辞《や》めさせてもらいます。ほな、さいならー」言うて逃げ出したらよかった。いや、今からでも遅うない。このまま逃げてしもたろかしらん……）

亀吉はあっちにぶつかり、こっちでコケながらも、白樺屋に向かっていった。

（白樺屋の旦さんに、日延べはまかりならん、こちらで使う用事があるからすぐに持ってくるように、その用はおまはんとこの丁稚、亀吉に言いつけてもらいたい、と言うてもらえんやろか。けど、それはそれで蔵から持ち出すときにバレてしまうかも……。八方ふさがりやなあ……）

白樺屋は高津町にある大きな材木屋である。暖簾をくぐると木の香が押し寄せてくる。亀吉は、帳場に座って書きものをしていた番頭に、

「ちょっとお邪魔をいたします。本日はけっこうなお天気さんでございます。わたくし、弘法堂から参りましたもんでございますが、うちの主からこちらの旦さんにお手紙をことづかってまいりました。できればすぐにお返事をちょうだいしたいんだすけど、旦さんはおられますやろか」

亀吉も言おうと思えばこれぐらいの口上《こうじょう》は言えるのである。

「弘法堂さんかいな。そこで待っててや」

番頭は立ち上がると、手紙を持って奥に入っていった。亀吉は、

（わてがここで、「すんまへん！　うちのだれかが珊瑚の松の枝、折ってしまいましたんや。だれがやったのかはわかりまへんけど、そのものに成り代わりまして、この

丁稚の亀吉が幾重《いくえ》にもお詫《わ》びいたしますさかい、どうぞお許しを！」て言うたらどないなるやろ。「ああ、感心な丁稚さんやないか。かまへんかまへん。あんなつまらん珊瑚の細工ものの一個や二個、気にせんかてええ。帰って主さんにそう言うとくなはれ」……とは、ならんやろなあ……）

心のなかでもだえつつ待っていると、番頭はすぐに戻ってきて、

「丁稚さん、主は、うちでは当面使うことはないから、なんぼでもお貸しいたします、と申しておりました。お返事を書くほどのことでもないさかい、あんたが口で言うとくなはるか」

「そ、そうだすか。承知いたしました」

「これはあんたにあげるさかい、食べなはれ」

そう言って白樺屋の番頭は紙に包んだ饅頭《まんじゅう》をふたつくれた。

「わあー、おおきに！」

亀吉は饅頭を押しいただくと、白樺屋を出た。

（うれしいなあ。お饅頭ふたつももらえるやなんて……だれにもあげんとこ。店に持ってかえったら、寅吉っとんに取られてしまうかもしれんから、どこぞで食べて帰ろ。ああ……松の木の件さえなかったら丁稚暮らしはシアワセなんやけどなあ……」

亀吉の足は白樺屋のすぐ近くにある高津神社に向かっていた。仁徳天皇《にんとくてんのう》を祀《まつ》るこの神社は小高い丘のうえにある。そこで景色を楽しみながら饅頭を食べようと思ったのだ。長い階段を登ると見晴らしのいい茶店があり、その周辺の境内《けいだい》に寄席《よせ》や人形芝居の小屋、見せもの小屋などが並んでいる。

そんななかに「南蛮阿蘭陀渡来手妻《なんばんおらんだとらいてづま》消去斎阿蘭太夫《しょうきょさいおらんだゆう》一座」という幟《のぼり》が立てられた小屋があった。木戸番がさかんに呼び込んでいる。

「さあさあ、どんなに肝《きも》の据わったお方でもこれには度肝抜かれるでえ！　消去斎の手妻は阿蘭陀渡り。紙の胡蝶《こちょう》を飛ばしたり、ちぎった紙をつなげたり……そんなこれまでのちまちました手妻とは大違いや。見たらびっくり仰天すること請《う》け合いだっせえ。どんなものでもきれいさっぱり消してしまう消失の術。ちょうど今はじまるところ。さあ、入ったり入ったり！」

それを耳にした亀吉は、

（消失……！　それや！　来月の月見までに、あの枝の折れた松の木を消してしもたらええんや！　けど、番頭さんに「寄り道せんと、とっとと帰ってくるんやで」て念押されてるからなあ……。まあ、ちょっとだけ見て、すぐに出てきたらええか……）

亀吉はさっそく木戸番に、

「木戸銭なんぼだす？」

「おひとりさま三十二文や」

「えーっ、高いなあ」

「高いと思うならやめとき」

「うーん……こないだお使いしたときにもろたお駄賃があるさかい、払えんことはないけど……」

「ほな、払い」

「あっさり言うなあ……。ほんまになんでも消してしまうんか？」

「あったりまえやがな。阿蘭太夫の手妻は、座員のわしでもどういうことなのかわからんぐらいのキョーテンドウチのしろもんやで」

「キョーテンドウチてなんや」

「わしも知らんけど、丁稚さん、とにかくいっぺん見てみ。驚くのはわしが請け合うわ」

　亀吉としては、その「消去の術」とやらにすがるしかなかった。

「ここに置いとくで」

「まいどありー」

「まいどやない。今日はじめて見るんや」

そう言いながら亀吉は小屋のなかに入った。寺社の境内にある小屋とは思えないぐらいしっかりした寄席だった。客席はかなり広いが、そこに七割ほどの客の入りだった。

(人気あるんやなあ……)

亀吉はいちばんまえまで行くと、ひとを押しのけてど真ん中に座った。子どもの特権である。

(手妻て、はじめて見るなあ。どんなんやろなあ……)

亀吉は、珊瑚の松のことも、自分がお使い中のことも忘れ、わくわく感に包まれていた。すぐに三味線、太鼓が鳴りはじめ、裃《かみしも》を着けた男が現れた。

「東西《とざい》ーっ、一座高《たこ》うはござりまするがご免お許しなこうむり、不弁舌《ふべんぜつ》なる口上なもって申しあーげたてまつります」

口上を面白おかしく言い立てたあと、

「まずは当一座の若手にて、消去斎賢坊《けんぼう》にてご機嫌をうかがいます。入門間もない新顔ゆえ、手妻の腕はまだまだ未熟。しくじりなどいたすかと思いまするが、どうぞお客さま方もそのおつもりで温かくご覧くださいませ」

口上言いが引っ込むと、鳴りものに乗って、まだ十歳ほどの子どもが出て来て一礼し、

「ただ今、ご紹介にあずかりました消去斎賢坊でございます。まずはおなじみの胡蝶の舞。これなる紙をちぎって、扇で風を送りまするると、紙に命が宿り、生きたる胡蝶となってあたりを飛び交《か》います。上手くいったらおなぐさみ。はーっ！」

甲高《かんだか》い声でそう言ったあと、紙をちぎり、下から扇であおぐと、紙は蝶のように宙をはばたいた。しかし、その蝶の羽が子どもの鼻をくすぐったのか、

「はーくしょい！」

大きなくしゃみをした途端、蝶は床に落ちてしまった。観客は笑っている。亀吉も、

（どんくさいなあ。なんぼなんでも下手《へた》すぎるわ……）

と思ったが、賢坊が、

「これは初手から大しくじりをいたしました。続きまして、ここに取りいだしましたる茹《ゆ》で卵、これを割りますと、なかからヒヨコが飛び出します」

鳴りものが高まり、賢坊は茹で卵を自分の額にぶつけたが、どうやら硬いらしく、目を回してふらふらしている。何度か試《こころ》みて、最後に思い切りぶつけると、卵が割れて、なかから出てきたのは生卵だった。顔がべちゃべちゃになった賢坊はそのまま一

礼して、

「うひゃー、すんまへーん、手ぬぐい貸してんかー」

そう言って舞台袖に引っ込んだ。客席は笑いの渦《うず》だ。亀吉は、

（ははーん、わざとしくじっとるのやな。なかなかの腕やないか……）

とえらそうな目線で感心した。口上言いがふたたび現れ、つぎの演者を紹介する。ふたりほどの手妻使いが出て、一本の紐をハサミで切ってばらばらにし、うえから風呂敷をかけてパッと取ると、一本に戻っているという手妻や、紐に呪文をかけると蛇のように動き出すという手妻などをつぎつぎに披露《ひろう》した。そのあとは水芸で、派手な曲に合わせて着飾った女性が登場した。

「はーっ！」

と声をかけると、持っている扇の先から水が噴水のように出る、弾いている三味線からも水が出る、舞台上の柵からも水が出る、しまいには客のまえにあった煙草盆《たばこぼん》から水が出る……という華やかな手妻だった。亀吉はすっかり手妻が気に入ってしまい、お使いのことなどどこかへ飛んでしまっていた。またしても口上使いが出てきて、

「さて、皆さま方お待ちかね、当一座の花形消去斎阿蘭太夫の身支度《みじたく》、楽屋内にて整《ととの》いますれば、お目通り正座《しょうざ》までは控えさせまーす」

お囃子《はやし》が高まり、顔を白く塗った女太夫が現れた。すかさず声があちこちからかかった。

「待ってました！」

「お天道《てんと》さま！」

「日本一！」

「大坂一！」

「狭なっとるやないか！」

どうやら熱狂的な信奉者がいるようだ。それもそのはず、消去斎阿蘭太夫はそれまでの出演者とは明らかに違う輝きと威厳《いげん》があった。しかも、美しい。顔立ちだけでなく、姿態《したい》や足の運び、手の動きなどもなんともいえぬ気品があった。亀吉は、阿蘭太夫が出てくるなり、ぽーっとしてしまった。

「消して消して消して……この世のすべてを消してしまう消去斎阿蘭太夫めにございます。まずは小手調べ、ここに取り出《いだ》しましたる丸い玉、これを消してごらんにいれます」

袋から出した白い玉を指のあいだに挟《はさ》み、

「消えておしまいっ」

と言うとどこにもない。袋からもうふたつ取り出し、また指に挟み、

「消えておしまいっ」

また消えてしまう。それを何度も繰り返したが、たくさんの玉はどこにいったのかまるでわからない。最後に袋のなかが空《から》であることを客に示すと、歓声があがった。

そして、その袋を隣にいた助手の女性の頭に烏帽子《えぼし》のようにかぶせると、女性は萬歳《まんざい》の太夫のようにひょうきんに踊りはじめた。頃合いはよし、というところで阿蘭太夫が、

「出てこい出てこいこいこいこい!」

とその女性の袋を取ると、なかから数十個の白い玉がこぼれ出た。

「お見事!」

客は喝采《かっさい》している。つづいて、阿蘭太夫はなんと最前列の亀吉のところに来て、

「かわいらしい丁稚さん。お使いずるけてるのやないやろねえ」

図星《ずぼし》を差されて顔を真《ま》っ赤《か》にした亀吉に、

「そこに持ってはるお饅頭、手妻に使いたいさかいちょっと貸してくれる?」

阿蘭太夫は、亀吉が膝《ひざ》のうえに置いていた饅頭の包みを指差した。

「ど、どうぞ……」

おずおずと差し出した紙包みからふたつの饅頭を取り出し、ひとつを右手に、もうひとつを左手に持ち、客たちに見せた。

「さあ、この美味《おい》しそうなお饅頭、見事消してごらんにいれます。でも、どないして消すのがいいでしょう。あ、そや、食べてしもたらいいのか……」

　亀吉はあわてて、

「それは困ります！　わてのおやつだす！」

　客は爆笑した。阿蘭太夫も笑いながら、

「私が食べてしまったら丁稚さんが困るらしいので、ほかのやり方で消しましょう。よろしいか……よろしいか……よう見ててください。消えて……おしまいっ！」

　掛け声とともに饅頭は消えた。亀吉は目を白黒させた。

「ないっ……ないっ……どこにもない。わての饅頭……！」

「ほほほほ……丁稚さんがかわいそうやからもとに戻してあげましょう。出てこい出てこいこいこいこいこい！」

　また掛け声をかけると、ふたつの饅頭は紙に包まれた状態で亀吉の膝のうえにあった。亀吉はキツネにつままれたようだった。

「はい、ただ今のは小手調《こてしら》べ。つぎは、どなたか一両小判をお持ちの方、いらっしゃいますか？」

客たちはたがいに顔を見合わせているが、なかなか小判となると持っているものは少ないようだ。二列目に座っていた男が、

「わて、一枚だけなら持ってるで。けど、これは明日の仕入れにいる金やさかい、返してもらえんと困るのや」

お店ものらしいその男に阿蘭太夫は、

「もちろんお返しします。お饅頭ならともかく、小判がなくなったら洒落になりませんからねえ」

その男が財布から出した一両小判を阿蘭太夫は受け取ると、右手の人差し指と中指で小判を挟んで皆に示した。亀吉は、今度こそタネを見破ろうと、目の玉が飛び出すぐらいの勢いでその小判を見つめた。

「では、この小判を消してごらんにいれましょう。消えておしまいっ！」

小判は瞬時に消えた。亀吉は目をこすった。

（ない……どこにもない……すごい！　まるでわからへん……）

客は喝采《かっさい》する。小判を渡した男もにこにこ顔で、

「さすが消去斎や。上手に消すわ。ほな、返してもらおか」

「わかりました。では、小判をもとに戻します。出てこい出てこいこいこいこい！」

小判は阿蘭太夫の手のなかに突然出現した。男はそれを受け取ったが、

「な、なんじゃこれは……！」

それは、紙を切り抜き、金色に塗っただけの偽ものだったのだ。裏返してみると、そこには「あほ」の文字が書かれていた。客は爆笑した。男は蒼白になり、

「阿蘭太夫さん、冗談がきついで。早《はよ》うわての小判返してや。仕入れの金やて言うたやろ」

「ごめんなさいねえ。間違えたみたい。本物はこれです」

阿蘭太夫はいつのまにか二枚の小判を手にしていた。男は、

「うわあ、あったーっ。それも二枚も……！　阿蘭太夫さん、おおきに！　大儲《おおもう》けや！　これやったら、わて、毎日でも来るわ。ぼろい商売やで」

阿蘭太夫は二枚の小判をちゃりんちゃりんと音を立てながら紙袋に入れて、男に渡した。男は押しいただき、客席に背を向けて、紙袋の中身を確かめようとした。

「あれっ……？　おかしいな……」

男はもごもご言いながら紙袋に手を突っ込んだり、裏返したりしていたが、

「ない……ないで！　阿蘭太夫さんはたしか二枚入れたはずやのに……」

　男は客席に向き直ると、紙袋のなかを皆に見せた。そこには小判は一枚しかなかった。阿蘭太夫は、

「ぬか喜びさせてごめんなさい。お借りしたのは一枚でしたよね。だったらそれでええやないですか」

「けど……二枚あったのや！」

「もしかしたらふところか袖に入ってませんか？」

　男は泣きそうな顔になり、ふところや袖のなかを探ったりしたが小判はない。ついには財布、煙草入れ、手ぬぐい……など持ちものを全部並べ、帯も解き、着物も脱いでふんどし一丁になったが、やはり小判は消え失《う》せていた。男は残った一枚の小判を嚙《か》み、

「ほんまもんや……」

　そうつぶやくと、よろめきながら小屋から出ていった。客たちのどよめきが鎮まるのを待ってから阿蘭太夫は、

「では、そろそろ最後の手妻とまいりましょう。どなたか煙管《キセル》をお持ちの方はおられませんか。なるべく大きなものの方がよろしゅうございますが……」

　壁際に座っていた武士が、

「わしの煙管はこれだ。手妻に使えようかの？」

そう言って出してきたのは一尺（約三十センチ）以上もありそうな真鍮《しんちゅう》の石州《せきしゅう》煙管で、羅宇《らう》も太い竹が使われているようだった。

「ああ、これならぴったりです。では、少しお借りいたします」

阿蘭太夫は煙管を手にしたかと思うと、そこに布をかぶせた。そして、

「消えておしまいっ」

そう言うと、布を一気に丸めた。布の下にあったはずの煙管は影も形もなかった。阿蘭太夫は布を広げて武士と客席に見せた。亀吉は驚嘆《きょうたん》した。あんなに長い、一尺以上もある煙管をどこに隠せるというのだ。しかも、ほんの一瞬に。豪傑髭《ごうけつひげ》の武士は笑って、

「さすがは大坂一の名人消去斎阿蘭太夫だ。見事見事。では、煙管を返してもらおうか」

「すみません、お武家さま。煙管の手妻だけはもとに戻せないんですよ」

「な、なに？　それは困る。あれは、わしが殿から拝領《はいりょう》したものだ。失《な》くしたりしたらわしは腹を切らねばならぬ。返してくれ」

「ですから、お返しはできないんです」

「饅頭も小判も出したではないか。なにゆえ煙管だけ出せぬ」

「消し方がちがうんです」

「そんな話は聞いていない。返せ、戻せーっ！」

阿蘭太夫は、

「あーあ、うるさいお侍やこと。めんどくさいから消してしまおかしらん」

「なんだと？　無礼ものめ！　刀にかけても取り戻してみせるぞ！」

侍が大刀を引き抜こうとしたのでまわりの客たちはのけぞった。そのとき、阿蘭太夫が右手を挙《あ》げてひらりと振ると、うえから大きな布が落ちてきて、侍にかぶさった。阿蘭太夫が布の一端を持ち、助手がもう一方の端を持ち、侍の姿を隠した。

「消えておしまいっ！」

阿蘭太夫はそう叫んで布を取り去ると、そこに侍の姿はなかった。客たちは唖然呆《あぜんぼう》然《ぜん》として、なにもない空間を見つめている。そして、やんやの喝采を阿蘭太夫に浴びせた。おひねりが四方から雨あられと飛ぶ。亀吉も思わず饅頭を投げてしまった。阿蘭太夫はにっこり笑い、客に会釈《えしゃく》した。幕引きが幕を閉めた。

「日本一！」

「万々歳！」

「あっぱれや！」

客たちは口々に称賛《しょうさん》の叫びをあげた。それに応《こた》えるようにふたたび幕が開けられたが、なんとそこにはあの武士がいた。しかも、馬に乗っているではないか。武士は馬から下りると、

「なにがなにやらさっぱりわからぬ。頭から布をかぶってふらっとしたかと思ったら、いつのまにやら馬に乗っておったが……おおっ」

侍は自分が手に握りしめているものを見て大声を上げた。彼は煙管を握っていたのだ。

（すごい……！ これやこれやこれしかないっ！）

亀吉は興奮しまくっていた。

（阿蘭太夫さんに、阿蘭陀手妻を教えてもらお！ それで、あの珊瑚の松を丸ごと消してしまうんや！ そうしたら枝が折れたこともバレへんわ。わては、なんちゅう知恵者やろ。知恵ある丁稚亀吉！ すごい！）

客たちが満足げに引き上げていくなか、亀吉はひとり逆方向に足を運んだ。このあたりに楽屋があるはずだ、と小屋の奥へと向かう。亀吉は鼻息荒く、ずんずんと進み、そこにあった部屋に入ろうとした。部屋のまえに腰かけていた若い男に、

「なんや、おまえは。ここから先は客は出入り禁止やで」

亀吉はその男に顔をぐーっと近づけ、

「阿蘭太夫さんに用があるのや」

「ドアホ。おまえみたいな素丁稚風情がうちの花形に会えると思うな」

「とにかく会わせてくれ。丁稚の身に起こった一大事を解決してもらいたいねん」

「そんなもん知るか！」

これはその男の言い分が正しかろう。

「お願いや。阿蘭太夫さんやないとでけんことだすのや。頼んます」

「おまえ、うちの太夫の贔屓《ひいき》のつもりか。贔屓なら百日でも通い詰めて、店一軒つぶすぐらいの金をみついでみい。いっぺん芸を見たぐらいで太夫に会わせろやなんて図々《ずうずう》しいにもほどがあるで」

「それやったら今日から百日通います。せやからひと目だけでも……」

「あかんあかん。出直せ出直せ」

「そんないけず言わんと……ねえー、お願ーい、ごろごろごろ……」

「気色《きしょく》悪いなあ、ネコみたいにすな。あっち行け！」

そのとき楽屋の戸が開いて、

「うるさいなあ。なんやのん」

顔を出したのは阿蘭太夫そのひとだった。赤い襦袢《じゅばん》を着ている。

「へえ、この丁稚がどうしても太夫に会わせろ、ゆうてゴネてまんねん。すぐに叩き出しますよって……」

「なんや、さっきお饅頭貸してくれたお客さんやないの。叩き出すやなんて乱暴なことしたらいかん。——丁稚さん、あんたもこんなとこ来たらいけないよ。おとなしゅうお帰り」

亀吉はいきなりその場に土下座した。

「太夫さん、わてを……わてを弟子にしてください！」

「はあ……？」

阿蘭太夫は苦笑《にがわら》いしながら、

「あのねえ、手妻使いなんか簡単そうに見えるかもしれんけど、たいへんなんやで。手妻には手先の動きとすばやさが大事なんや。お客さんの目を逸《そ》らすためには、左手と右手でまるでちがうことをしたり、腕やら指やら胴体やらを変な角度で曲げたり伸ばしたり……それを身につけるにはそれこそたいへんな修業が……あれ？　丁稚さん、あんた、泣いてるやないの」

亀吉は泣きじゃくりながら、

「どうしても消さなあかんもんがありますのや。それがでけんと、わての首がすっ飛ぶんだす……」

「えらいことやないの。どういうことや？」

亀吉は、借りものの珊瑚の松の枝を折ってしまったことを説明した。

「ふーん……それだけ大きい珊瑚細工ならさぞかし立派なもんやろなあ」

「へえ、ものすごくきれいだした」

「珊瑚ゆうのは柔らこうてもろいさかい、細工するのがむつかしいゆうて聞いたことがあるわ。いっぺん見てみたいなあ」

「見せたいのやのうて消してほしいんだす。月見の日は来月の十五日……それまでにあの箱ごと松を消せたらバレんとすみます」

「あんたが持ち出して、どこかに隠したら、盗人《ぬすっと》の仕業ゆうことになるのとちがう？」

「三番蔵はいつも鍵がかけてあります。丁稚が勝手に出入りできまへんのや。手妻なら、蔵の外からでもちょいちょいと消せますやろ？」

「丁稚さん、手妻ゆうのはたいがいタネがあって、消えたように見えてもほんまに消してるわけではないのや」

「ほな、そのタネちゅうのを教えとくなはれ」

「それは無理や。手妻使いがタネをバラすのはご法度《はっと》なんや。お客さんは、なんでものが消えたり、またでてきたりするのかいな、というびっくりを楽しんではる。タネがわかったらびっくりがなくなるやろ」

「ほな……ほな、太夫さんにうちの店に来てもろて、あの松の木を消してもらえまへんやろか」

　阿蘭太夫は腕組みをして、

「うーん……手妻使いとして、おのれの技をそういう悪事のために使うわけにはいかんなあ。手ぇが後ろに回ってしまう」

「ほな、わてが覚えます！　弟子にしとくなはれ！」

「そんなん言うたかて、あんたが私の弟子になって修業して、あの手妻ができるようになるにはそれこそ何年もかかるよ。とてもやないけど来月の十五日には間に合わんわ」

「そ、そんな……」

「悪いことは言わんさかい、手妻なんかに頼らんと、ちゃんと主さんに謝った方がええのとちがう？」

亀吉はぶるぶるっと顔を横に振ると、

「謝ったかて許してくれるはずがおまへん。とんでもなく高い細工もんで、それもよそさまからの借りものを壊してしもたんだっせ。太夫さんが弟子にしてくれへんのやったら、もうお店には戻れまへん。このまま逃げて……逃亡の丁稚になるしかおまへんわ」

「そんな自棄《やけ》を起こしたらあかん。来月のお月見の日までにはまだ間があるやろ。それまでにええ思案が浮かぶかもしれんから、今日はお店に帰って、ご飯食べて寝なさい」

「へえ……お邪魔しました……」

亀吉はとぼとぼと小屋を出た。頭がぼんやりしてなにも考えられない。店に帰るまでに犬の尻尾《しっぽ》を踏みつけること十回、どぶにはまること三回、よその板塀にぶち当たること五回……帰り着いたときにはふらふらだったが、そこには烈火《れっか》のごとく怒った番頭が待ち構えていた。

「どーこーでー油売っとったんや！　日の高いうちに出かけて、もう夕方やないか！」

「すんまへーん！　白樺屋さんでお返事もらうのに遅うなりました」

「そのお返事、見せてみい」

「お手紙はおまへんねん。あちらの旦さんからの言伝で『うちでは当面使うことはないから、なんぼでもお貸しいたします』ということでおました。以上」

「なにが『以上』や。芝居でも見てたんか」

「そんなもん見てまへん」

「ほな、落語か講釈か」

「とんでもない。――ほんまのこと言うたら、近頃、夜なべが続いてましたやろ。ねぶとうてねぶとうて、高津さんの境内でちょっと横になってたら、いつのまにやらぐっすり寝てしもとったんだす。すんまへん、つぎから気を付けますさかい、今日のところは堪忍《かんにん》しとくなはれ」

そう言われると伊平としても振り上げたこぶしを下ろさざるをえない。

「そうか……まあ、今後は気ぃつけなはれや。お使いはできるだけ早く戻ってくるのが大事なんやで。もしかしたら商《あきな》いのうえで一刻を争うようなやりとりを扱《あつこ》うてるのかもしれんさかいな」

「へえ……」

「ほな、わては旦さんにおまえの返事を伝えてくるわ」

「あの……やっぱりお月見はしますのん？」

「そら、するやろ。そのためにおまえを白樺屋さんまで行かしたのやないか」

亀吉はため息をついた。

「あの……あの……その日までに細工ものを検分《けんぶん》するようなことはおまへんか？」

「なんでや？」

番頭の目がきらりと光った。

「いや……嬢やんが、あんなきれいな珊瑚細工見たことない、て言うてはったさかい、わてもちょっと見たい、と思うて……」

「おまえらは見んでええ。珊瑚細工ゆうのはもろいもんらしいから、あんまり出したり入れたりせん方がええやろ。返すまでに壊したりしたらえらいこっちゃさかいな」

「やっぱり壊したらえらいことだすやろか」

「あったりまえやないか。せやから、おまえらはあの箱に指一本触れることもならんで。わかったな」

「もちろんだす。わてがそんなアホに見えますか」

「見えんこともないが……」

そう言って伊平は立ち上がり、奥へ入っていった。亀吉は店を出てすぐのところにある石のうえに座り、ため息をついていると、丁稚仲間の鶴吉、寅吉、梅吉、それにおやえが集まってきた。

「亀吉っとん、どないしたんや」

　鶴吉が言った。

「どないて……どないもしてへん」

「嘘や。あんなにお使い遅なるやなんて、どっかで遊んでたやろ？　芝居か？」

「ご番頭とおんなじこと言うなあ。芝居小屋も寄席小屋も行ってない」

　寅吉が、

「ほな、なに小屋や？」

「え？」

「芝居小屋も寄席小屋も行ってない、ということはほかの小屋やろ？」

「うわあ、寅吉っとん、今日は珍しく冴《さ》えてるなあ」

「珍しくだけ余計や」

「じつは……高津さんに『消去斎阿蘭太夫一座』ゆう南蛮手妻の見世物小屋があってな、そこで手妻を見てたんや。なんでも消します、ゆう触れ込みやったけど、ほんまになんでもばんばん消してしまうねん。わての饅頭も消えたし、小判も煙管も……しまいにはお侍さんまで消えてしもたんや」

おやえが、

「面白そう！　わたいも見たいわ。――けど、亀吉っとん、近頃ちょっとおかしいんとちがう？」

「な、なにが……？」

「なんか心ここにあらず、というか、いつもボーッとしてるやろ」

「わ、わてはまえからボーッとしてるで」

「まえもボーッとしてたけど、それに輪をかけてボーッとしてるわ」

寅吉も、

「わてもそう思てた。動きも変や。なんかカクカクして人形みたいやし、右手と右足、左手と左足が一緒に出て、ときどき塀にぶつかったり、どぶにはまったりしてるやろ？」

亀吉が、

（気づかれてたかーっ……）

と思ったとき、年下の梅吉が、

「なんか心配ごとがあるのやったら、言うてや。わてら、『丁稚同心組』の仲間やんか」

亀吉の両目から涙がぼろぼろと落ちた。

「おおきに……おおきに！　持つべきものは友だちやなあ。じつは、わて、えらいことをしてしもたんや！」

亀吉は、すべてを告白した。三番蔵に入ったとき、白樺屋から借りてきた珊瑚の松を壊してしまったこと、それを来月の十五日の月見の会に使うことになったのでバレるのは間違いないこと、なんでも消してしまう手妻を見て、弟子入りしようとしたが断られたこと……。

「うーん、それはえらいことやなあ……。下手したらほんまに召し捕られるかもしれんわ」

鶴吉が言った。

「そやねん。もうどうしたらええやら……」

皆は、あまりの事態の重さにいつもの軽口も叩けず、ずっと黙っていた。亀吉が、

「わては今夜のうちに長い旅に出るわ。これまで仲良うしてくれておおきに。たまには亀吉という丁稚がいたことを思い出してや」

寅吉が、

「ほな、おまえ……」

「うん、長い草鞋《わらじ》を履《は》くことにするわ」

梅吉が、

「なんでわざわざ長い草鞋を履くんや？　足にぴったりの草鞋の方がええんとちゃう？」

鶴吉が、

「アホ。行くあてのない旅に出ることを長い草鞋を履くというんや。——けど、亀吉っとん、あきらめるのはまだ早いで」

「そ、そうか……？」

「その消去斎阿蘭太夫ゆう手妻使いに弟子入りが叶《かの》うたら、望みはあるのやろ」

「けど、はっきり断られてしもたし……」

「そんなんでくじけたらあかん。弟子入りするときは、一回断られても毎日日参《にっさん》して、入門の気持ちの強さを見せつけなあかんのや。ダルマさんの弟子になろうとしたナントカという坊さんは、雪の降るなかを毎日毎日しつこく行って、しまいにはとうとう自分の肘《ひじ》を切り落として、それで弟子になれたらしい」

「なんや、そいつ。頭、変なんとちがうか？」

「そこまでやらんと弟子入りはむずかしい、ゆうことや」

「ほな、わてに肘を切り落とせと？　嫌や嫌や」

「だれもそんなこと言うてない。いっぺん断られたぐらいであきらめたらあかん。ああ、そのぐらいの気持ちしかなかったんやな、て思われる。こういうときは押して押して押しまくるんや。明日からも毎日、その小屋に行って、太夫さんに弟子入りを頼むのや」

「えーっ、明日もあさってても帰りが遅れたら、珊瑚壊したのがバレるまえにお店クビになってしまうがな」

寅吉が胸を叩いて、

「そこはわてらがなんとかする。任しとけ。おまえはなーんも考えんと高津さんへ行ったらええ」

亀吉は鼻水と涙でぐじゃぐじゃになりながら、

「わかった。みんな……よろしゅう頼むわ！」

四人に頭を下げた。

◇

翌日、亀吉は早起きして、コマネズミのように働いた。伊平も、

「今日は亀吉、えらいやる気になってるなあ。なんぞあったんやろか。感心感心……」

そう思っていた。昼ごはんを食べたあと、店で帳合いをしていた伊平は寅吉に、

「亀吉、見なんだか？」

「さあ……さっき蔵の方に行きましたけど……」

「そうか。用事あるさかい、見かけたらわてが呼んでた、て言うといて」

「へーい」

しかし、亀吉はいつまで経《た》っても現れない。

「あいつ、なにやっとるんや。——おい、おやえ、亀吉、見かけへんかったか？」

「お仏壇の掃除してましたけど……」

「それやったらしゃあないなあ。手が空いたらわてとこへ来るように言うといてくれ」

「はーい」

そのうち伊平は、忙しさにとりまぎれて亀吉のことを忘れてしまった。やがて、八つ（午後三時頃）時分にふと思い出し、外から帰ってきた鶴吉に、

「鶴吉、亀吉はどこや？」

「さっきそこの橋のうえで会いました。北の方のお職人のとこを廻ってくる、ゆうてましたで」

「ああ、それやったらええわ」

弘法堂が仕事を頼んでいる筆職人たちのところを小まめに廻り、材料の過不足や仕事の進捗《しんちょく》を検めるのは丁稚たちの役目だった。

（わてがなにも言わん先に外回りに行くやなんて、いつもずるけることしか考えてないように思うてたが、あいつも仕事に欲が出てきたのやろか。ええこっちゃがな……）

夕方にやっと戻ってきた亀吉は鶴吉や寅吉に、

「どやった？」

「あかんかったわ……」

などと会話している。伊平は亀吉を手招きして、

「なにがあかんかったんや？」

「あ、番頭さん、なんでもおまへん」

「お職人廻りはどうやった？」

「順調順調。皆さん一生懸命仕事してはりますわ。安い手間賃で、えらいえらい」

「えらそうに言うな」

伊平はゲンコツを振り上げたが、亀吉はそれをかいくぐって逃げていった。

◇

その翌日も、伊平が亀吉になにか用を言いつけようとすると亀吉の姿はなく、ほかの丁稚たちが代わりに用事をする、ということが続いた。それでも店はちゃんと回っているのだから、番頭としては文句はなかったが、夕方になるとどこからか帰ってきて晩ご飯はしっかり食べている。

「どうや？」

冷《ひ》や飯に熱々の味噌汁に漬けものという相変わらずの質素な献立を食べながら丁稚たちがひそひそ話をしている。伊平は部屋の外でじっと聞き耳を立てていた。

「今日はどやった？」

鶴吉がきいた。

「あかん。門前払いや。楽屋にも入れてもらわれへんから小屋の裏口のまえでずっと立ってるのやけど、相手にしてくれへん」

亀吉が言った。寅吉が、

「ここでくじけたらあかん。もうひと押しや」

おやえが、

「きっと亀吉っとんの気持ちが阿蘭太夫さんにも通じると思う」

梅吉が、

「あかんかったら、最後は肘や」

伊平は思わず、

「肘？　肘て、なんや？」

五人は番頭が聞いていたことに気づいて、口をつぐんだ。

◇

そのまた翌日、伊平は鶴吉に、

「亀吉知らんか？」

「知ってまっせ。顔の丸い、ほっぺたがつやつやした丁稚。番頭さん、知りまへんの？」

「そういうこっちゃない。亀吉がどこにおるか知らんか、てきいてますのや」

「さあー……わては知りまへん。亀吉っとんのお守《も》りやおまへんさかい……」

「やかましい！　もし、亀吉を見つけ……」

そこまで言ったとき、伊平は気配を感じて振り返った。ちょうど亀吉が彼の後ろを抜き足差し足で行き過ぎようとしているところだった。

「どこへ行くつもりや！」

「え？　あ、あの……その……お得意先廻りに……」

「それは今日はええ。お使いにいてきましょ」

「お使い？　行きまっせー。わて、お使い大好きやさかい」

「ほう、おまえ、お使い大好きか。嫌いやとばっかり思てたわ。ほな、毎日お使いに行てもらおか」

「全然かましまへん。奉公人の分際でお使いを嫌がるやなんて、わてには信じられまへんわ。わてはそれはもう、三度のご飯よりお使いが好きだすさかい……。で、どちらへお使いだす？」

「京町堀《きょうまちぼり》の南浜町《みなみはまちょう》にある『蛙楼《かわずろう》』や」

南浜町といえば、先日、えびす小僧が金を撒《ま》いた小右衛門町《こえもんちょう》の近くである。

「ああ、海の魚しか扱わん料理屋さん」

「そや。今度の月見の宴席のお料理を旦さんが頼みたいそうな。珊瑚と海魚はつきものや、て言うてはったわ」

「えーっ、旦さん、まだ珊瑚の松とか言うてはりますの？　あんなしょうもないもん飾らんでもええのに」

「しょうもない、ておまえ、見たことないやろ」

「どうせしょうもないに決まってますわ。それに、番頭さん、お月見ゆうたらお芋のお料理と団子《だんご》て決まったもんだっせ。魚みたいな生臭《なまぐさ》ものを食べるのはあかんのとちがいますか」

「べつに精進日《しょうじんび》やないのやからかまへんやろ」

「あのね、団子やったら高津さんの境内に『団子屋甘三郎《かんさぶろう》』ゆう店がおまっせ。あそこが美味しいのやないかなあ」

「団子はいつもの『菓子政』に注文することになっとる。――この手紙に万事書いてある。『蛙楼』の主さんの昭介《しょうすけ》さんというおひとにお渡しして、お返事ももろてくるのやで。わかったな」

「へ、へーい」

亀吉は店を出ていった。番頭はその後ろ姿を見ながら、

「やっぱりおかしい……なにかおかしい……」

そうつぶやいた。

◇

「太夫……また来てまっせ、あの丁稚」

楽屋に入ってきた木戸番の男が言った。阿蘭太夫は煙管を吸いながら、

「ふーん……丁稚なんか自由が利《き》かないだろうからもう来ないと思ってたんだけど、

案外、骨があるねえ」

　部屋の隅で茶を飲んでいた髭を生《は》やした男が、

「弟子に取りますのか？」

「あははは……そんな気はないよ。でも、こうまで熱心に通い詰められちゃ、私も鬼《おに》神《がみ》やないからさ……」

　もうひとりの若い男が、

「昔から三顧《さんこ》の礼っていいまっせ。今日で三日目や。そろそろ返事したげなはれ。かわいそうやおまへんか」

「返事といっても、どう返事したものか……」

「弟子にしたる、て言うたらよろしやん」

「そうはいかない。私もまだまだ修業せんとあかん身や。これから習得したい手妻もいっぱいある。お客さんは『日本一』とか声をかけてくれはるけど、清国《しんこく》や阿蘭陀にはものすごい手妻があるらしい。それを学んで、ほんまに日本一の手妻使いになるのが私の夢や。とてもやないけど弟子を取れるような身分やない」

「太夫はかたくなやなあ。けど、そこが太夫のええところだす」

「おだてててもなにも出えへんで」

「ほな、どう返事しますのや」

「うーん……そやなあ……」

阿蘭太夫はしばらく考えていたが、やがてにっこり微笑《ほほえ》むと、

「ええこと考えたわ。上手いことといくかいかんかわからんけど試《ため》してみる値打ちはありそうや。――丁稚さんをここに呼んできて」

◇

「丁稚さん、太夫が呼んでますさかい、楽屋まで来とくなはるか」

「えーっ!」

裏口のまえに直立不動で立っていた亀吉は、跳《と》び上がった。

「とうとうわての熱意が通じて、弟子にしてもらえるんだすやろか!」

「さあ、それはどうやわからん。とにかく来てんか」

亀吉はどきどきしながら楽屋に向かった。

「丁稚亀吉、お呼びによりただ今参上いたしましたーっ」

大声を張り上げて挨拶《あいさつ》すると、

「おおげさな子やなあ。入っといで」

なかに入ると、阿蘭太夫のほかにふたりの男がいた。亀吉はそのふたりの顔になんとなく見覚えがあるような気がしたが、今はそれどころではない。太夫のまえに正座して、深々と頭を下げる。

「たいした根性やなあ。三日間も通うやなんて、お店にはなんて言うてきてるんや?」

「丁稚仲間がかぼうてくれてます」

「ええ話やねえ。その子らのためにも、あんたの役に立ってあげたいけど……やっぱり弟子にするのは無理や」

「えええーっ!」

「私もこれから手妻の修業を重《かさ》ねんとあかん身や。弟子を取るのはおこがましいし、正直、弟子を育てるのに自分の時間を割《さ》いてられへん。それに、私の今の力では、その珊瑚の松を消す工夫《くふう》、すぐには思いつかんのや。とても、来月の十五日までには無理やわ。ごめんなあ……」

亀吉はまた泣きそうになった。

「ほたら……わてはどうしたら……」

「心配いらん。ええことを教えたる」

「その珊瑚の細工もの、消すことはでけへんけど、粉々に砕《くだ》いてしまうことならできるのや。それでもええか？」

「へ、へえ！　粉々にしてしもたら枝が一本折れてようがどうでもええことになります」

「な、なんでおます？」

阿蘭太夫は筆を取り、そこにあった紙に、

「珊瑚　皆砕断」

と書いた。

「これが珊瑚の松を砕く呪文や。読んでみ」

「あのー……すんまへん、横にふりがなを打ってもらえまへんやろか」

「手間のかかる子やなあ。——これでええか？」

太夫は、「さんご・みなさいだん」とふりがなを打った。

「さんご……みな、さいだん……。これを唱えるだけで松が粉々になりますの？」

「そうや。その蔵の場所はどこらへんにある？」

「三番蔵は、母屋《おもや》の裏にある中庭におます」

「それやったら、あんたは真夜中、店のみんなが寝静まった時分にその蔵の戸のまえに立って、この呪文を心を込めて唱えるのや。ただし……千回やで」

「せ、千回！」

「それも、できるだけ大声で唱えなあかん。あんたの一心が通じるかどうかや。——やれるか？」

「やれます！　やりとげます！」

そう言うと、亀吉は紙をふところに入れた。

「その意気や。——ほな、しっかりやるんやで」

「太夫さん、おおきに！」

亀吉はもう一度おじぎをすると、小屋を出た。うれしくてうれしくてウサギのように跳びはねながら亀吉は店に帰った。

「ただ今帰りました！」

そのままの勢いで店に突入し、鶴吉たちのところに行こうとすると、

「亀、こっちに来なはれ」

番頭が手招きした。しかたなく亀吉は番頭のところに行き、

「お使い、無事終了いたしました」

「『蛙楼』からのお返事をもらおか」

亀吉は、手紙をふところから出して、伊平に渡した。手妻小屋に行くまえに立ち寄り、速攻で用事を済ませておいたのだ。伊平は手紙を読むと、

「これでええ。お月見にふさわしい献立を考えてくれはるらしい」

「それはようおましたなあ。ほな、わてはこれで……」

「ちょっと待ちなはれ。わての用事はまだ済んどらん」

「まだ、なんかおましたかいな？」

「こらあ、亀吉！」

「なんだすのや、藪《やぶ》から棒に」

「ネタはあがってるのやで」

「な、なんの話だす？」

「わては南浜町にお使いに行け、と言うたはずや」

「せやさかい、行ってきましたがな」

「おまえを高津さんで見かけた、ゆうもんがおるのやけどな」

「た、た、他人の空似《そらに》ゆうやつとちがいますか」

「とぼけるな。さっき唐墨屋《からすみや》の丁稚さんがお使いにきたのやが、『こちらの亀吉さんを高津さんの境内にある手妻小屋近くでお見かけしました。いえ、間違いやおまへん。

前垂れに弘法堂て書いてましたさかい……』て言うてはった。おまえ、高津さんに行ってたやろ！」

「わちゃー！」

「なにがわちゃーや。おまえ、高津さんで手妻を見てたのやろ」

「違います。手妻なんか見てまへん」

それは本当だった。裏口のまえに立っていただけなのだ。

「いいや、見てたはずや。今日は仕置きをします。蔵へ放り込んでやる！」

「えっ？　もしかしたら三番蔵だすか？」

「うれしそうな顔すな！　三番蔵は大事なもんが入ってるさかい、四番蔵や」

「えーっ、それは困る」

そのとき、寅吉が走ってきて、番頭のまえに手をつき、

「すんまへん、番頭さん。高津さんにいてたのはわてだす」

「なんやと？」

「うちのおかんがこないだから悪い風邪ひいて熱がある、て聞きましたのや。今日、二ツ井戸《ふたついど》の池田屋《いけだや》さんへお使いに行った帰りに高津さんのまえを通りかかったんで、おかんの熱が下《さ》がりますように、てお社《やしろ》まで拝《おが》みにいったんだす。それを唐墨屋の告っ

げ口丁稚が見てましたのやろ」

「うーん……あの丁稚さんはたしかに『亀吉さん』て言うとったけど……。うちの屋号が入った前垂れだけ見て、そう思い込んだのやろか」

「そうだすそうだす。亀吉っとんは高津さんなんか行ってまへん。なあ、亀吉。そやろそやろそやろ」

「そうそうそう。わては行ってまへん」

「そうか……ほな、わての勘違いやったゆうことか」

「そうだすそうだす」

去っていくふたりの背中を番頭は穴の開くほどじっと見つめていた。

◇

「呪文？　そんなもんがほんまにきくんやろか」

寅吉が言った。鶴吉が、

「迷信やと思てたけどなあ……」

亀吉が、

「けど、阿蘭太夫さんが教えてくれたのやから大丈夫やと思う。ほら……これや」

そう言って亀吉は「珊瑚　皆砕断」と書いた紙を皆に見せた。梅吉が、

「なんかありがたーいような気ぃするなあ」

おやえが、

「ちょっと怖いけどな」

亀吉が、

「そういうわけで、今夜決行するつもりやねん。みんなも手ぇ貸してほしい」

「どうやって？」

「呪文は千回唱えなあかんのや。もし、途中でだれかが邪魔しようとしたら止めてほしいねん」

寅吉が、

「よっしゃ、まかしとけ！　たとえ明智光秀《あけちみつひで》の軍勢が押し寄せてきても止めてみせるで！」

「たのもしいわ。――ほな、お願いします」

おやえが、

「亀吉っとん、がんばって！」

亀吉は、こくんとうなずいた。

◇

宵《よい》の口からどんよりとした天気で、今にも雨が降りそうに思えた。亀吉は、ごそごそと布団から這《は》い出し、足音を立てないように廊下を歩き、下駄を履いて中庭に出た。

（なんか……怖いなあ……）

深夜の庭は、いくら勝手知ったる自分の店でも薄気味が悪い。草が足にまとわりついてがさがさ音を立てる。明かりを点《つ》けるとバレてしまうので、亀吉は真っ暗のなか、手探りで三番蔵のまえまで進んだ。あたりは静まり返っている。こんななかで大声を上げるのははばかられたが、やるしかないのだ。

「さ……さ……さ……さん……」

最初は虫が鳴くような声しか出なかった。

「さん……さん……」

これではいけない、と亀吉は腹に力を入れた。

「さんごーっ！」

突然、かなりの声が出た。

「皆さいだーんっ！」

ひゅううう、と風の音がそれにかぶさった。亀吉はなおも声を張り上げた。

「珊瑚、皆砕断。珊瑚、皆砕断。珊瑚、皆砕断。珊瑚、皆砕断……」

時ならぬ呪文が風に乗って四方に漂《ただよ》う。目を閉じ、手を合わせ、必死になって拝む。

「三番蔵のまえでわけのわからんことほざいてるやつ、だれや！」

伊平の声が聞こえた。亀吉は一瞬、逃げようか、と思ったが、ここで心をぐらつかせてはならない。

「珊瑚、皆砕断。珊瑚、皆砕断……」

「うるそうて眠れんがな。やめなはれ」

伊平が近づいてくる足音が耳に入る。

「おまえ、亀吉やないか。こないだから態度がおかしいと思てたら、とうとう……」

「珊瑚、皆砕断。珊瑚、皆砕断……」

「なにが珊瑚や。そういえばおまえ、あの珊瑚の松のこと、妙に気にしてたなあ……」

亀吉はぎくっとしたが、呪文を続ける。

「珊瑚、皆砕断。珊瑚、皆砕断……」

「まさか、あの細工ものになにかしたのとちがうやろな。——あっ、もしかしたら……」

伊平は母屋に取って返すと、すぐにまた戻ってきた。手には燭台《しょくだい》と鍵を持っている。

伊平は亀吉を押しのけると、三番蔵の鍵を開け、なかに入った。さすがの亀吉も動揺しまくったが、呪文は止《や》めない。しばらくすると、

「うわあっ、えらいこっちゃ！」

伊平が絶叫とともに蔵からまろび出てきた。

「お、おまえ、なんちゅうことをしでかしてくれたのや！　松が……松の枝が折れてるやないか！」

伊平は亀吉につかみかかり、呪文を止めさせようとした。しかし、そのまえに立ちはだかったのは四つの影だった。寅吉、鶴吉、梅吉、おやえである。

「な、なんや、おまえら」

「丁稚同心組参上」

四人は亀吉と伊平のあいだに入り、伊平の四肢《しし》を摑《つか》んで亀吉を守ろうとする。

「亀吉の肩を持つのやったらおまえらも同罪やで！　この店にはおれんようになる。

わかってるのか！」

しかし、四人は番頭を押し返そうとする。そんなあいだも亀吉は一心不乱に呪文を唱えている。

「珊瑚、皆砕断。珊瑚、皆砕断。珊瑚、皆砕断。珊瑚、皆砕断……」

「やかましいわい！　おまえら、そんなにクビになりたいのか。明日、請《う》け人呼んで、まとめてクビにしたる！　亀吉はお役人に突き出す！」

そのとき、

「待ちなはれ」

という声がした。皆がそちらを見ると、縁側に主の森右衛門が立っている。

「あっ、旦さん！　お目覚《めざ》めだすか」

伊平が言うと、

「やかましいて寝てられんやないか」

「すんまへん、亀吉がわけのわからんことを延々と……」

「あんたの声もたいがい大きかったで」

「旦さん、聞いとくなはれ。亀吉のやつ、旦さんが白樺屋さんからお預かりした大事な珊瑚の松の枝を折りよったにちがいおまへん。どんなお仕置きをいたしましょう」

「そうか……。枝を折ってしもたか……。亀、それはほんまか？」

「珊瑚、皆砕断。珊瑚、皆砕断。珊瑚、皆砕断……」

「どうやらほんまらしいな」

「珊瑚、皆砕断。珊瑚、皆砕断……やった！　これで千回や！　念のためにあと一回、珊瑚、皆砕断！」

亀吉は三番蔵のなかに突進した。木箱を見る。蓋は伊平が開けて、横に置いてある。箱に首を突っ込んでみたが、珊瑚の松は粉々に砕けているどころか、以前のままだ。折れた枝が転がっている。

「あああ……太夫さん、嘘ばっかり……なんにも変わってないがな！　数、まちがえたのやろか。いや、そんなはずない。ちゃんと数えてた。こんなことなら寅吉っとんたちを巻き込むのやなかった。みんなごめん……」

亀吉は泣きながら蔵から出た。その様子を見てすべてを察《さっ》したのか、寅吉たちも下を向いている。伊平が、

「さあ、亀吉、こっちに来なはれ。おのれがしたことをきりきり白状せえ」

「すんまへん。番頭さんが、丁稚は見たらあかん、て言うさかい、どうしても見とうなって……そのときに折ってしもたんだす。この店におれんようになる……みんなと

離れ離れになる……それがこわあて、言い出せまへんでした。高津の小屋に出てはる阿蘭太夫というひとがどんなもんでも消してしまう手妻使いやから、そのひとに弟子入りして、珊瑚の松を丸ごと消してしまおうと思たんだすけど、うまいこといきまへんでした。寅吉っとん、鶴吉っとん、梅吉っとん、おやえちゃんには罪はおまへん。なにもかもわてが……亀吉が悪いんだす。わてだけをクビにして、お奉行所に連れていっとくなはれ……」

「そ、そうか。それやったらおまえの望みのとおりに……」

伊平が亀吉の手首を摑んだとき、

「待ちなはれ、番頭どん。もう、ええやないか」

森右衛門が言った。

「旦さん、もうええとは……？」

「これだけ謝ってるのや。その気持ちも伝わった。今度だけは許したろやないか」

「せやけど……借りものの松を壊したんだっせ」

「ひとさまの大事なものを借りて、丁稚の手の届くところに置いといたわしやあんたも悪いのやないか？」

「あ……」

「それになあ、こんな小さな子が、必死になって延々と『旦さんごめんなさい』て夜中に大声で言い続けられたら、わしゃもうせつなくなってきたわ」

亀吉はハッと気付いた。「珊瑚・皆砕断」……「さんごみなさいだん」をずっと言い続けていると、途中から「だんさんごみなさい」……「旦さんごめんなさい」に聞こえはじめるのだ。

（そうか……千回言い続けろ、て太夫さんが言うたのはそういうことやったのか……）

亀吉はその場に膝を突いた。森右衛門は、

「明日にでもわしが白樺屋さんに行って、丁稚の粗相《そそう》で枝を折ってしもたさかいに買い取らせていただきます、ゆうて謝ってくるわ。なんぼほどかかるかわからんけど、まさか千両とは言わんやろ。けど、わしは千両、二千両と言われても払うつもりや。せやから、亀吉を許してやってくれ」

「旦さん……」

「江戸では丁稚のことを『小僧』というけど、上方では『子ども』という。丁稚も手代も、うちの子と同様や。親御さんからお預かりしてる宝物……いわば珊瑚の松と同じやないか。その宝物のために金使うのは惜《お》しいことないで」

時ならぬ騒ぎに起きてきたらしい嬢やんも、

「わたいからもお願いするわ、伊平。亀吉を許してあげて」

そう口添えした。

「そうだすか……。亀吉、おまえは幸せもんやなあ。旦さんはおまえをお許しくださるそうや」

「旦さん……わて……」

亀吉は森右衛門に向かって頭を下げたが、あとは言葉にならなかった。

◇

「そんなことがあったのか……」

幸助《こうすけ》のところに筆の材料を持ってきたついでに、亀吉が今回のことをあらいざらいしゃべったのだ。はじめは「内緒の話がおますのやが……言おうかな、どうしよかな……」ともったいをつけていたが、だれかにしゃべりたくてしゃべりたくてしかたなかったらしい。微《び》に入り細《さい》を穿《うが》って一部始終を話すので、話し終えるのに一刻もかかった。

「へえ……一件落着だす。首がつながりました」

「それにしても弘法堂の主も太っ腹だな。丁稚のために千両か……」

「ところが、結局一文も払わんかったんだす」

「どういうことだ」

亀吉の話によると、森右衛門は翌日さっそく白樺屋におもむき、松の枝を折ってしまったことを詫びた。すると、白樺屋の主は頭を掻《か》いて笑い出し、

「そうだすか。折れましたか。あはははは……」

きょとんとする森右衛門に白樺屋は、

「あれなあ、じつはわしがまえにうっかり折ってしもたんだす。えらいことしてしもた、と思て、膠《にかわ》で貼り付けといたのやが、さよか……やっぱり素人《しろうと》の修繕《しゅうぜん》はあきまへんなあ」

そう言ったのだという。幸助が、

「なんだ。はじめから折れていたのか」

「そうやったみたいだす。ホッとしました」

「しかし、その阿蘭太夫というのはたいした手妻使いだな。手妻の腕もさることながら、『珊瑚、皆砕断』という呪文を思いつくというのはただものではないな」

「そのことでひとつ、けったいなことがおますのや。――その呪文を教えてもろたとき、楽屋にいたふたりの男のひと……あとからようよう考えてみたら、ひとりは最初に手妻を見たときに、小判を消されたひと、もうひとりは煙管を渡したあと、自分も消えてしもたお侍やと思うんだす。どういうことだすやろ」

「ははは……どういうことかな」

幸助は、おそらくそのふたりは一座の座員で、いわゆる「さくら」だろうと見当《けんとう》をつけていた。たぶん最初の男が太夫から受け取ったのは薄い煎餅《せんべい》かなにかでこしらえた偽小判で、客に背中を向けたときに当人が食べてしまったのだろう。侍に扮《ふん》した男の煙管は、羅宇がこれも煎餅かなにかで作られていて、それを手で砕いたら残るは雁首と吸い口だけなので、容易に布のなかに隠せたのだろう。侍自身が消えたり、馬に乗って現れたりしたのは、たぶん回り舞台になっていたのだろう。そんな風に絵解きを考えたが、それを亀吉に説明してしまうと夢が壊れると思い、やめた。不思議は不思議のままがいい。

「それで、その太夫には礼に行ったのか？」

「すぐに行きました。けど……」

亀吉はすこしさびしそうに、

「小屋は引き払われて影も形もおまへんでした」

「なんだと？」

「茶店のひとにきいたら、阿蘭太夫さんが阿蘭陀に渡って修業したい、ゆうことで、一座は長崎に向かったらしいです。ああ、もっぺん会いたかったなあ、太夫さん……」

そう話す亀吉の目はうっとりしているように見えた。最後は、見事に自分を消し去ったのだな、と幸助は思った。

第十話

てんてん天魔の天神さん

大坂天満《てんま》にある「大坂天満宮《てんまんぐう》」は「てんてん天満の天神《てんじん》さん」として大坂の庶民に親しまれている神社である。夏に行われる天神祭は日本三大祭のひとつとして名高いが、今はそれも終わり、ひっそりとしている。

この界隈《かいわい》に住むひとたちの祭りにかける熱意はとんでもない。特に地車《だんじり》についてはそれぞれの町内が競《きそ》い合っていて、ときには宮入りの順番をめぐって大喧嘩《おおげんか》になることもあるらしい。

筆問屋弘法堂《こうぼうどう》の丁稚亀吉《でっちかめきち》は、番頭から教えられたとおり、本殿のまえで賽銭箱《さいせんばこ》に一文銭を放り込み、柏手《かしわで》を打った。そのたびに、背中に背負った大きな風呂敷が揺れる。

（なにとぞ丁稚仲間がいつまでも友だちでいられますように。わてとおやえちゃんがもっと仲良しになりますように。うちの旦《だん》さんご一家が病気しませんように。番頭さんがあんまり怒りまへんように。大坂の町に物騒《ぶっそう》なことが起こりまへんように。それ

から……それから、えーと……そやなあ、今日はこのぐらいにしといたろか)

番頭から教えられたとおり、本殿の裏に回る。そこで禰宜《ねぎ》の吉岡六郎《よしおかろくろう》というひとと待ち合わせているのだ。小さな祠《ほこら》があり、そのまえに鳥居が立っていた。なにげなくのぞき見ると、「鶴姫大明神《だいみょうじん》、天満弁財天、亀吉大明神」という額が掲《かか》げられている。

(亀吉大明神……! わて、大明神やったんか!)

驚いた亀吉は祠に近づいたが、由緒《ゆいしょ》もなにも書かれていない。

(鶴姫ゆうのが気になるなあ。おやえちゃんのことやったらええけど、鶴吉っとんのことやったらちょっと……)

わけのわからないことを考えていたが、禰宜はやってこない。

「すんまへーん、禰宜の吉岡さんていう方いてはりますかー。禰宜の吉岡さん……禰宜さん……禰宜はいてるかー。禰宜……禰宜……」

近くにいた老人が、

「丁稚さん、あんたネギ売ってなはるのか。ひと束《たば》なんぼや」

「ちがいますねん。わて、禰宜を探してまんのや」

「なんじゃい、あんたもネギが買いたいんか」

老人は行ってしまった。入れ替わりに中年の神主《かんぬし》が小走りにやってきて、

「すまんすまん、丁稚さん、私が禰宜の吉岡だす」

亀吉はぺこりと礼をして、

「持ってきました。今年もまたよろしゅうにお願い申します」

そう言うと、背負っていた大風呂敷を下《お》ろし、禰宜に渡した。

「はい、弘法堂さんからの筆、たしかにお預かりいたしました。主《あるじ》さんにどうぞよろしゅうお伝えください」

天神さん、つまり、菅原道真《すがわらのみちざね》公は書道の神さまであり、学問の神さまでもあることから、筆問屋である弘法堂では、使いものにならなくなった筆を得意先から回収し、それらをまとめて天満宮に持ってきて、「筆供養《くよう》」をしてもらうのだ。それが毎年の慣《なら》わしになっていた。向こうに行きかけた禰宜を亀吉は呼び止め、

「すんまへん、ちょっとおききしますけど……」

「なんだす、丁稚さん」

「ここにあるお宮……亀吉大明神て書いてありますけど、わても亀吉ていいますのや。いつのまに神さまになったんだすやろか」

吉岡は笑って、

「この祠はめちゃくちゃ古うて、私らここに勤めてる禰宜も謂《い》われがわかりまへんの

や。たぶん鶴と亀が揃《そろ》うてるさかい、縁起のええ神さんとちがうか、て皆で言うてます。せやけど、亀吉さんが神さまになる、ゆうのはないことやおまへんで」

「えっ、ほんまだすか」

「そもそもうちでお祀《まつ》りしてる菅原道真公は、もともと人間だしたけど、亡くなられてから神さまにならはった。せやから丁稚が神さまにならんともかぎらん」

「わあ……それはすごい！」

亀吉は、店に戻ったらさっそくこのことを自慢しようと思った。

「けど、その菅原さん……」

「菅原道真公と言いなはれ」

「道真公は、なんで神さまにならはったん？」

禰宜は真面目《まじめ》な顔つきになり、

「ならば菅原道真公のことお教えいたさん。そもそも菅原道真公と申したてまつるは、参議菅原是善《これよし》の三男にして、十一歳にして漢詩にその才を発揮《はっき》し、次第に出世してついには帝《みかど》の側近として重用《ちょうよう》されるまでになったが、藤原時平《ふじわらのときひら》の讒言《ざんげん》により大宰府《だざいふ》へ流され、暮らしもままならぬなか困窮《こんきゅう》のうちにご逝去《せいきょ》なされた。しかし、その死後、道真公を陥《おとし》れたるひとびとが相次いで変死をいたし、これすべて道真公のおん恨みによるものと、朝廷はその地位を回復したがすでに遅し。道真公の怨霊《おんりょう》は『天満大自在天神』と化し、御所をはじめ各地に雷《かみなり》を落として多くのひとびとを死傷させた。それゆえ道真公を天神さんとしてお祀りたてまつることとなったのだ。あーら、かしこみかしこみ……」

「なんやさっぱりわかりまへんけど、とにかく人間が筆の神さまになることもある、ゆうことだすなあ」

「道真公は筆だけやない。学問の神さま、歌の神さま、漢詩の神さま……なんにでも精通《せいつう》しておいでや」

「すごいなあ。その道真公の絵はおまへんのか」

「残念ながら、カンコーの絵は妙智《みょうち》焼けのときに燃えてしまった」

いまだに語り草となっている「妙智焼け」というのは、南堀江《みなみほりえ》からはじまり、船場《せんば》一帯を焼き尽くしたあと、坐摩《ざま》神社、本願寺津村別院、淀屋橋《よどやばし》、中之島《なかのしま》、堂島《どうじま》、曾根崎《そねざき》から天満宮、同心町、東西町奉行所などに広がった大坂一の大火災である。

「カンコーてなんだす？」

「カンコーは菅公、菅原を言い換えたものや。うちもまた道真公の絵図を描いてもらおうと時折《ときおり》相談しとるが、適当な絵師がおらぬでな」

「絵描きやったらええひとを知ってまっせ。うちの筆作りのお職人で、貧乏神ゆうあだ名のある先生だす。絵の仕事がないさかいいつも暇《ひま》にしてはりますわ。頼んでみたらどうでやす？」

「ははは……貧乏神ではちと困るな。しかし、絵は焼けてしもうたが、ミイラならあるぞ」

「み、ミイラ……？」

亀吉はぞくっとした。

「うちの宝物蔵にはカンコーの遺物と語り継がれるものがいろいろある。着物や食器、笏《しゃく》、烏帽子《えぼし》、自筆の手紙、漢詩などだが、なかに道真公のミイラと称するものがある。見たいのなら見せてやるで」

「いや……遠慮しときます」

今晩、便所に行けなくなると困る。

「なんでや。子どもはそういうの好きやないのか？」

「どうせ偽《にせ》もんだすやろ。まえに見世物小屋で天狗のミイラとかカッパのミイラとか人魚のミイラとか見たことおますけど、ぜんぶ作りものだした」

禰宜は笑いながら、

「まあ、わしもそう思う。由緒《ゆいしょ》はないのや」

「よいしょ？」

「よいしょやない、由緒。由来がはっきりしてない、ていうことや。道真公は大宰府に流されてそこで亡くなられ、安楽寺《あんらくじ》ゆうお寺に葬《ほうむ》られたことになってるさかい、大坂にミイラがあるはずがない。けど、嘘でも箱に『道真公の木乃伊《ミイラ》』て書いてあるから、捨てるわけにもいかんから、とりあえず宝物蔵の隅に置いてあるのや」

「なーんや、やっぱり偽もんか」

「亡骸《なきがら》を長年住み慣れた京に戻そうとしたら、その途中、この天満の地で亡骸を積んでた牛車《ぎっしゃ》が動かんようになったから、ここに天満宮を建ててお祀りしたら、いつのまにか亡骸がミイラになっていた……のやないか、てもっともらしく言うものもおるが、まあ、でたらめやろ。どや、見せてやるで」

　亀吉はかぶりを振った。早く帰り、みんなに「亀吉大明神」の話をして自慢しようと、そればっかり考えていたのだ。

（なにか食いたいな。米を研《と》いで飯《めし》を炊《た》くのは面倒だから、餅《もち》がいい。餅なら焼くだけですむ。いや、生のままで食える。だれか餅を持ってこぬかな。まあ、餅でなくてもなんでもよい。大根でも豆腐でも大豆でもうどんでも……）

◇

ここのところ五日ほどなにも食べていない。幸助《こうすけ》は腹が減ってたまらなかった。というのも、筆作りの仕事で得た金で米と味噌を買うつもりだったのだが、うっかりそれを飲み代《しろ》に使ってしまった。仕事はある。さっき亀吉が筆の材料を大量に置いていった。しかし、完成させて納品しないと金はもらえない。それまでは一文なしの空《から》っけつだが、そういう暮らしにも慣れてしまった。

「ひだるさになれてよく寝る霜夜かな、とかいう発句《ほっく》があるが、なれてしまうのもよくないな……」

幸助がそんなことをつぶやきながら肘枕《ひじまくら》で横になっていると、老人姿のキチボウシが言った。

「おのしはそれでよいかもしれぬが、我輩は酒がなくてはなんの楽しみもない。なんとか金を都合して、酒を買《こ》うてたもれ」

「勝手なことを言うな。酒が欲しければ、一文でもいいから金を稼いだらどうだ」

「たわけめが。厄病神が金を稼ぐなど恥知らずなことができるか。酒の調達《ちょうたつ》はおのしが役目ぞよ」

「いつからそう決まったのだ」

「ふん、年寄りをいたわれ。我輩がいくつか知っておるのか。千歳を超《こ》えておるのじゃ。まいったか」

「千歳か。年寄りというよりミイラのようなものだな」

そう言いながら幸助は、亀吉が天満宮にあるという菅原道真のミイラと亀吉大明神の話を自慢そうにしゃべりまくって帰っていったのを思い出した。

（道真公のミイラは、さすがに偽ものだろうな……）

そんなことを考えていると、

「ごめんなはれや」

五十歳ぐらいの、平べったい顔の男が入ってきた。家主《いえぬし》の藤兵衛《とうべえ》である。キチボウシはたちまちネズミに似た小動物の姿になり、壁際にしりぞいた。幸助は起き上がると、大欠伸《おおあくび》をした。

「家主殿直々のご入来《にゅうらい》とはなにごとですかな」

「ははは……たいした用事やおまへん。みつがまた飯を炊き過ぎたもんで、困ってますのや。まだまだ残暑だすやろ。すぐに傷《いた》んでしまいますさかい、助けると思て食べにきてもらえまへんやろか」

幸助は、ちょくちょく晩飯を家主にふるまわれている。面倒見のよい藤兵衛は、幸助がひもじい思いをしているのではないかと誘ってくれる。いつも「飯を炊き過ぎた」「おかずを作り過ぎた」「到来《とうらい》ものが多くて食べきれない」などと理由をつけて、幸助が気兼ねしないようにしてくれるのはとてもありがたかった。幸助にかぎらず、「日暮らし長屋」の住人で藤兵衛の世話になっていないものはいなかった。

ただし、家賃の取り立てには容赦《ようしゃ》はない。それはそれ、これはこれ、というわけだ。家主は、店子《たなこ》から集めた家賃のなかから税をお上《かみ》に納めるという義務があり、集めることができなければ自腹で補填しなくてはならないのだ。だから、家賃を払わない（払えない）店子は店立てを食わせることになるが、藤兵衛はそれができない気性なのである。

「いつもすまんな。では、お相伴《しょうばん》にあずかることにしよう」

「どうぞどうぞ」

ふたりは連れ立って幸助の家を出た。藤兵衛の家は東へ八軒先だ。藤兵衛が先に立って入ると、みつが台所で料理をしていた。少しまえまでは、大坂でも珍しい女の板前になるべく修業先を探していたようだが、今は考えが変わって、家で料理修業をしているらしい。

「みつ、なにしとんのや。先生、お見えやないか。お茶汲《く》んでさしあげんかい」

「お父ちゃん、見てわからんか。うち、お料理してて手が離せんのや。お茶やったらお父ちゃんが淹《い》れてあげたらええやろ」

　幸助が、

「まあまあ……茶などいらぬから……」

　藤兵衛が、

「そやった、先生はお茶よりお茶けだしたな。灘《なだ》の上酒が手に入りましたのや」

　幸助は膳のまえに座った。炊き立ての飯に大根とアブラゲの味噌汁、かぼちゃと干しシイタケの煮もの、ナスのシギ焼き、大根の漬けものなどが並んでいる。申し分のないごちそうだ。

「今日はお内儀《ないぎ》は……？」

　幸助が問うと、

「あれ？　そう言えば、うちのやつおらんなあ。――みつ、あいつどこ行った？」

「知らん。お風呂屋さんとちがう？」

藤兵衛の妻はたいがい家にいない。幸助もこの長屋に引っ越してきて以来、一度も会っていない……ような気がする。こうなると、

（本当にいるのか……？）

とさえ思ってしまう。

「さあ、どんどん食うとくなはれや。なにしろみつが飯を炊き過ぎて……」

「わかったわかった。ありがたくちょうだいする。――家主殿は食わぬのか？」

「わしとみつは、もうよばれました。残りは全部先生の分だす」

「ははは……こんなには食えぬ」

しかし、食べてみると、米が美味《うま》い、味噌汁が美味い、おかずが美味い、酒もまた美味い……というわけで、ふだんあまり大食をしない幸助もついつい飯のお代わりをして、五杯も食べてしまった。

「ああ、食った食った。満腹だ」

「先生、もっとお代わりしなはれ。なんせ、みつが飯を炊き過ぎて……」

「もう食えぬ。ありがとう。ごちそうさまだ。――おみつさん、また一段と料理の腕

が上がったな」

藤兵衛は相好《そうごう》を崩《くず》して、

「わかりますか？」

「わかる。飯ひとつとっても、米の研《と》ぎ方、炊き方、茶碗への盛り方がまえとはちがっている。なんというか……気持ちが行き届いているのだな」

「みつ、聞いたか！　先生がおほめくださったで！」

みつは真っ赤になり、頭を下げた。

「酒ならまだ入りますやろ。飲んどくなはれ」

藤兵衛は酒を湯呑みに注《つ》いだ。そう言われると、

（こんなに上等の酒を残して帰るのは残念だ……）

という酒飲みの意地汚さが出る。もうひと口もうひと口、と飲んでいるとき、

「ご免！　こちら、『日暮らし長屋』の家主殿の家と聞いてまいったが、家主殿はご在宅かな」

鶴が鳴くような甲高《かんだか》い声が聞こえた。

「家主はわしだっせ。どうぞ入っとくなはれ」

「では、入るといたそう。ああ、ドーマンセーマン」

入ってきたのは、歳《とし》の頃なら四十歳ぐらい。ぼろぼろの狩衣《かりぎぬ》を着て、ぼろぼろの立烏帽子をかぶり、ぼろぼろの袴《はかま》を着たぼろぼろ尽くしの人物だった。長いどじょう髭《ひげ》を生《は》やしており、目は落ちくぼみ、痩《や》せこけていて、その貧相《ひんそう》さは幸助に勝《まさ》るとも劣《おと》らなかった。みつは怖がって台所に隠れた。藤兵衛も驚いて、

「あんたはだれや……？」

「わしは陰陽師《おんみょうじ》の安倍晴明《あべのせいめい》……」

「えっ？　あの有名な……」

「の子孫で、安倍穂賢《ほけん》博士と申す。ああ、ドーマンセーマン」

藤兵衛は胡散《うさん》臭そうにその男を見ると、

「わしはよう知らんけど、安倍晴明の子孫なら今は土御門《つちみかど》家ゆう苗字《みょうじ》になってるはずや。あんたが安倍晴明直系のまっとうな陰陽師なら、京都の御所にある陰陽寮ゆうところに勤めてるはずで、そんなよれよれの格好《かっこう》してるのはおかしい。どうせ憑《つ》きものを落としたり、お祓《はら》いをしたり、いいかげんな占いをしたり、まじないの道具を売ったりして小銭を稼いでるインチキ陰陽師やろ」

「これはけしからん。わしはマジで安倍晴明の子孫……だと聞いている。ただし、傍《ぼう》系《けい》も傍系、かなりの傍系だ」

「証拠は？」

「ない。ないが、わしはそう信じておる」

「陰陽寮にはお勤めやないんだすか」

「勤めてはいたが、いくら修行しても式神《しきがみ》ひとつ飛ばすことができぬ。あまりに陰陽師としての力がない、ということでクビになった。わしは陰陽師を天職だと思うておるのに情けないことよ。ああ、ドーマンセーマン」

「その『ドーマンセーマン』ゆうのはなんだすのや」

「これは偉大な陰陽師蘆屋道満《あしやどうまん》と安倍晴明の名に由来する魔除《まよ》けの言葉だ。はじめて訪れる場においては、この言葉をたびたび口にすると、周囲にいる魔物が逃げていく。ああ、ドーマンセーマン」

　藤兵衛はため息をつき、

「それで、その穂賢さんがわしになんの用だす」

「この長屋に住まわせてもらえぬか。じつはまえの長屋を追い出されてしまい、行く先がないのだ。こちらの家主殿は人情家とうかがった。なにとぞここに置いてもらいたい」

「追い出された、てどうせ家賃を溜《た》めたせいだすやろ。そういうお方は申し訳ないけどお断りだす」

「いや、そうではない。じつはその長屋の家主の女房にムジナが憑いてのう、それを落としてくれ、と頼まれた。わしは三七二十一日のあいだ必死に祈禱《きとう》を行ったが、どうしてもムジナは落ちぬ。それどころか『下手《へた》くそ陰陽師。豆腐の角に頭をぶつけて死んでしまえ』と朝から晩までわしをののしる。へとへとになったわしは腹が立ってきて、思わず……」

「なにをしましたのや」

「その女房を平手でなぐってしまった。わしはムジナをなぐったつもりだったのだが、間の悪いことにそのとき家主が入ってきてな、『女房になにをするのや!』と大喧嘩になり、とうとう出て行かざるをえなくなったのだ」

「はあ……」

「頼む。家賃はきちんきちんと入れるゆえ、この長屋に置いてくれ。もうすでに二十三軒断られた」

「うーん……空き家《あや》はあるけどなあ……」

「おお、それはありがたい! なにとぞ……なにとぞそこにわしを……あーら家主殿、あーら家主殿」

穂賢博士は痩せた身体《からだ》が折れそうになるほど何度も何度も頭を下げた。

「そうだすか……。借家請け状はおますか」

借家請け状というのは、長屋住まいだったものが引っ越しするときに使うもので、借家人と今住んでいるところの家主を請け人（保証人）とした連判状である。陰陽師が差し出した書状を見て、

「なるほど、わかりました。申し遅れましたが、わしが家主の藤兵衛だす。こちらにおいでのお方は長屋にお住まいの絵師で葛《かつ》幸助先生、そこにいるのがわしの娘でみつでおます」

「さようか。本日より皆の衆のお仲間に入れていただきます。よろしくお願いいたす」

「けど、家賃が滞《とどこお》ったらすぐに出ていってもらいまっせ」

それが建前であることは幸助も承知していた。藤兵衛は、多少の家賃の遅れぐらいでは追い出したりしない。

「もちろんです。絶対に絶対にぜーったいに家賃を滞らせたりはせぬゆえご安堵《あんど》くだされ」

あまりに「絶対に」を連発されると信用できなくなるものだが、藤兵衛はにっこり

と、

「ほな、入ってもらうところに今から案内しますさかい……」

しかし、穂賢博士は動こうとしない。その目は、幸助のまえにある膳に釘付けになっている。

「飯だ……飯……飯だ……」

「飯だっせ。それがどないかしましたか」

「これはまことの飯だな」

「あたりまえや。嘘の飯てなもんがおますかいな」

「いや……空腹のあまりなんども飯の蜃気楼《しんきろう》を見たゆえ、これもそうかと思うたのだ」

「飯の蜃気楼て……。腹が減ってますのか？」

「ほかのことについてはともかく、それだけははっきり言える。腹が減っておる。もう六日もなにも食べておらん。いや、二日前に枯れ木の皮を剝《は》いで食うてみたが、あれはまずいな」

「わかりました。ほな、この飯食うとくなはれ。じつはうちのみつが飯を炊き過ぎまして……」

「おおっ、それはかたじけない。ちょうだいいたす」

陰陽師はへたりこむようにその場に座ると、手づかみで飯を食いはじめた。

「あんた、箸使《はしつこ》うて食べなはれ」

「箸などという道具を使うのはもどかしい」

「あかんあかん……手ぇがまま粒だらけやがな」

たいへんな騒ぎである。結局、穂賢博士は残っていた飯と汁とおかずをすべて平《たい》らげてしまった。

「いやあ、よう食いなはったなあ。かっこん先生よりも多いわ。そんな細い身体のどこにあれだけの飯が入ったんや」

幸助も、

「俺もひとのことは言えぬが、あまり一時《いちどき》に詰め込むと身体に触《さわ》るぞ」

「はっはっは……心配いらぬ。わしは『食いだめ』ができるゆえ、こうしてたらふく食うたらしばらくはなにも食わずとも生きていける」

便利な身体である。

「それにしても美味かった。こんな美味い飯は久しぶり……いや、生まれてはじめてかもしれぬ。堪能《たんのう》した。家主殿の娘御は料理の達人だな」

みつが、

「こんなお料理でよければ、また食べにきとくなはれ」

陰陽師が急に身体をがくがく震わせはじめたので、幸助が、

「そうれ見ろ。言わぬことではない。空腹のときにいきなり食い過ぎたので身体がうけつけないのだ」

「そうではない……そうではないのだ」

穂賢博士は涙をこぼしている。

「ひとの情けが身にしみておる。ああ、ドーマンセーマン」

藤兵衛が笑って、

「大袈裟《おおげさ》やな。――ほな、家に行きまひょか」

「いや、お待ちくだされ。そのまえに家主殿にご恩返しがしたい」

「あの……いらんことせんとってほしいんだす。なーんにもせんとおとなしゅう住んでもろたらええさかい……」

「なんのなんの。わしとて恩義に報《むく》いるということは心得《こころえ》ておる。家を世話していただき、そのうえかかる馳走《ちそう》をふるもうていただき、家主殿の恩は計《はか》り知れず、山よりもいや高く、海よりもいや深し。それゆえ、お礼のしるしとして、陰陽師としてなに

かしなければ気が収まらぬ」

「いや、よろしよろし」

「お内儀にムジナかキツネかタヌキが憑いてはおらぬか」

「そんなもん憑いてへん」

「では、この長屋のだれかにそういう御仁《ごじん》はいないか。わしが即座に落としてつかわすが……」

「落とせんかったらまたどつくやろ」

「もう、あのようなことはいたさぬ。——そうだ、厄除《やくよ》けの祭祀《さいし》をしてやろう」

「えっ？　まさか泰山府君祭《たいざんふくんさい》とかいうやつだすか？」

泰山府君祭というのは陰陽道におけるもっとも大きな祭祀である。唐土《もろこし》の五嶽《ごがく》の中心である東嶽《とうがく》泰山の神をお祀りすることで、ひとの寿命を延ばし、悪鬼羅刹邪神《あっきらせつじゃしん》を祓い、戦《いくさ》などの大災厄を除く。

「いや……わしは下っ端だったのでそういう大きな祭祀を扱《あつこ》うたことはない。わしができるのは『簡単府君祭』だ」

「なんだす、それは」

「泰山府君祭をものすごーく簡単にしたものだ。これならなんとかなるだろう」

「その祭りでも、悪鬼羅刹を祓えますのか？」

「いや……油虫ぐらいなら祓えるだろう。まずは祭壇を造らねばならぬ。この家に祭壇はないか」

「そんなもんおますかいな」

「ないならしかたがない。ありあわせのもので代用しよう。そこのまな板を貸してくれい」

みつが、

「えーっ、今、大根切ってるのに」

「かまわぬ。大根も載《の》せたままでよい。これを、おい、絵師」

「俺か？」

「そうだ。ここに仰向《あおむ》けに寝てもらえんか」

「こうか……？」

「それでよい。おぬしの腹にまな板を載せるゆえ、動くなよ。動いたら大根が転がり落ちるぞ」

穂賢博士はまな板を幸助の腹のうえに置いた。

「家主殿、注連縄《しめなわ》はないか」

「そこの神棚におますけど……」

「それを貸してくれ」

「あきまへんで、神さまがお怒りになりまっせ」

「大丈夫。ちょっと借りるだけだ」

陰陽師は注連縄をまな板に載せた。紙垂《しで》が下がっているので、幸助はくすぐったくて仕方なかったが、動くなと言われているので我慢した。

「あとは清らかな水と酒と塩、それに米つぶを置くのだ」

ものすごく適当な祭壇ができあがった。

「では、はじめるぞ。えーと……最初は陰陽五行の神を招く儀である」

穂賢博士は祭壇のまえにあぐらをかき、ふところから取り出した巻物を押しいただいて、なにやら呪文を唱え始めた。

「オン・カビキラ・チンキン・カンタン・ソワカ、オン・ダンビラ・モチモチ・カンタン・ソワカ、オン・マイマイ・バンザン・カンタン・ソワカ……」

横たわってそれを聞いている幸助はなんだかぞわぞわしてきた。全身の産毛《うぶげ》が逆立っていくような感じなのだ。

「オン・カマキリ・サンダン・カンタン・ソワカ、オン・クモマキ・シンケン・カンタン・ソワカ……」

呪文の声は高まっていき、

「掃除精怪《そうじょせいかい》、蕩滅妖気《とうめつようき》、災禍消除《さいかしょうじょ》……掃除精怪、蕩滅妖気、災禍消除……」

一心に唱えていたが、

「掃除精怪、蕩滅妖気、災禍……うううわーっ、ゲホゲホゲホゲホ……！」

唾《つば》を盛大に飛ばしながら咳《せき》をした。幸助は顔を拭《ぬぐ》いたかったが、動くわけにはいかない。穂賢博士は突然、立ち上がり、

「おかしい……！　おかしいおかしいおかしい！」

藤兵衛が、

「なにがおかしいんだす？」

「家主殿、この長屋にはたびたび災厄が起きるのではないか？」

幸助はぎくりとした。

「災厄ちゅうたら大袈裟だすけど、刃物を持ったごろつきが飛び込んできたり、べろべろに酔うた相撲《すもう》取りが壁を突き破ったり、馬が走り込んできたり、花火売りがカンテキのうえに倒れて花火が爆発して屋根に穴が開《あ》いたりすることはしょっちゅうでおます」

「たいした災《わざわ》いではないか。わしが今、簡単府君祭を行おうとすると、なにか悪《あ》しき気のようなものが邪魔をして途中から呪文が口から出てこぬようになった。この長屋にはなにかがおるぞ！　ああ、ドーマンセーマン」

「なにか、てなんだす？」

「それはわからぬが、おそらくは悪神のたぐいが棲《す》みついておるのだろう。その災いというのはもしかすると一カ所に集中してはおらぬか」

　藤兵衛は幸助をちらと見たが、なにも言わなかった。幸助は自分でまな板を床に下《お》ろして起き上がると、

「災厄といってもたいしたことではない。ただの偶然だ。それに、我々は気にせず、機嫌よく暮らしているのだ」

　陰陽師はかぶりを振り、

「もしも厄病神がどこかに憑いているとしたら大事《おおごと》だ。屋根に穴が開くだけですんだのは運がよかっただけで、家ごと吹っ飛んだり、ひと死にが出ていたかもしれぬ。つぎはそうなるかもしれんぞ。ああ、ドーマンセーマン」

　藤兵衛が、

「縁起の悪いこと言わんとくなはれ」

「よし、決めた。わしがこの長屋に巣食う悪魔邪神を見つけ出し、厄払いをしてやろう」

「いや、それは……」

「心配するな。家主殿の恩義に報いるためゆえ、もちろんタダだ」

「そんなことやらんでよろし」

「なぜだ。この長屋の邪気を大掃除してやろうというのだぞ。遠慮いたすな」

「遠慮やおまへんのや」

「大丈夫。わしにすべて任せておけ。厄払いをすれば、この貧乏長屋にも清心の風が吹き込むぞ。翌日から善《よ》きことばかりが起きるようになる。はっはっはっ……久しぶりにやりがいがある仕事だ」

「あのー、わしの話、聞いてますか。わしはねえ……」

「じつを言うと、御所の陰陽寮はクビになったが、今、徳川家の天文方の方で陰陽師を募集していてな、わしも応募するつもりなのだ。安倍晴明の傍系の子孫というだけでは弱い。しかし、少しずつでも陰陽師としての手柄《てがら》を挙《あ》げていけば、公儀天文方に雇《やと》うてもらうのも夢ではないからな。ああ、ドーマンセーマン」

そう言うと穂賢博士は巻物をふところにしまい、かわりによれよれの笏を取り出す

と、家から出ていった。藤兵衛は、

「善人なのはわかるけど、『いらんことしい』やなあ。変なことしでかさんかったらええけど……」

たしかに陰陽師としての腕はなさそうだが、少し心配になった幸助は藤兵衛とみつに晩飯の礼を言うと、穂賢博士のあとを追った。陰陽師は、引っ越し道具を積んだべか車から片側が半球状に盛り上がった盤のようなものを手にして、笏を振り回しながら、

「悪魔はいずこ邪鬼いずこ、物《もの》の怪《け》いずこ悪神いずこ、いずこいずこ、ずこずこずこ……」

わけのわからない呪文を大声でわめきながら、入り組んだ長屋の一軒一軒を訪ね歩き、入り口を笏で叩きまくっている。

「あんた、さっきからやかましいねん！　家が壊れるやろ！」

「いずこいずこ、ずこずこずこ……」

「なにがずこずこや。あっちへ行ってんか！」

あちらで叱られ、こちらでののしられ、そちらでどつかれ、ふらふらになって長屋を行ったり来たりしていたが、やがて、

「こ、ここだ！　ここにちがいない！」

ある一軒の家のまえで叫んだ。それは幸助の家だった。穂賢博士は笏で入り口をバシバシ叩いていたが、その叩き方がしだいに激しくなり、

「ここだ、ここだ、ここだ！　六壬式盤《りくじんしきばん》がはっきりと示しておる。ああ……ドーマンセーマン！」

そう叫ぶと入り口を押し破って勝手に入ろうとしたので、幸助は後ろから、

「こらっ、入るな。そこは俺の家だ！」

陰陽師は振り返り、

「なんだ、まな板か。この家に悪神が憑いておることは明白。わしが退治してやるから、そこで見ておれ」

「そんなことは頼んでいない。ほっといてくれ」

「わからぬか。おぬしひとりの問題ではないのだ。この長屋全体、いや、大坂全体の問題なのだ。おぬしも悪神を祓ってほしいだろう」

「祓ってほしくない」

「ははは……嘘を言うな。遠慮しているのだろうが、この世に悪神を祓ってもらいたくない人間など存在せぬ」

穂賢博士は戸を引き開け、家のなかに入ると、かまどから水瓶《みずがめ》から壁から床から、あらゆるところを笏で叩いていたが、

「こっこっこっ……」

「鶏《にわとり》か？」

「こっこっこっこれだあっ！」

陰陽師が叩いていたのはあの絵だった。叩くたびに絵のなかのキチボウシの顔がひきつるように見えた。

「やめろ！　絵が破れる！」

「見ーつけた！　見ーつけた！　見ーつけたったら見ーつけた！　見よ！　この絵は、わが祖にして偉大な大陰陽師安倍晴明が厄病神どもを封ずる場面を描《えが》いたものだ。これをどこで仕入れたか知らぬが、無知とは恐ろしいわい。この長屋に起きていた災厄はすべてこの絵のせいなのだぞ。この絵には安倍晴明の霊力によって悪鬼が封じられていた。その封印がなにかの拍子に少し解けて、なかの悪鬼が出入りしていたとみえる。わしが気づいたからよかった。では、ただいまよりこの絵のなかの悪鬼を滅ぼす祭祀を行う」

幸助は穂賢博士を突き飛ばし、

「俺はこの絵が気に入っているのだ。出ていってくれ！」

穂賢博士はきょとんとして、

「なにを申しておる。悪鬼を祓ってやるのだぞ。おぬしもきっと今より楽になる」

「いいから……早く出ていけ」

幸助は陰陽師を家から追い出すと、

「二度と来るなよ！」

そばにあった塩を叩きつけた。

「ぶはっ！　か、辛い！　陰陽師に塩を撒《ま》くやつははじめてだ！」

「とにかくこの絵のことはほっといてくれ。いいな」

「言われるまでもない。だれが祓ってなどやるものか。ぺぺぺぺぺッ！　ああ、ドーマンセーマン」

穂賢博士は唾を吐きちらしながら去っていった。幸助はその場に座り込んだ。

「もう、あやつは行ってしもうたか？」

声がしたので振り向くと、キチボウシが老人姿で震えている。

「ああ、たぶんもう来ないだろう」

「厄病神を祓うなど、とんでもないやつぞよ」

いや、それが普通である。

「まあ、陰陽師としてはヘボだそうだから、さほど恐れることもないとは思うがな……」

「あなどってはいかん。あの男は安倍晴明の子孫を名乗っておるようじゃが、それはまことぞよ」

「なに……？」

「ヘボはヘボかもしれぬが、その血脈のなかに秘めたる霊力がある。下手をすると……どえらいことをしでかすかもしれぬぞよ。あのようなガキはとっととこの長屋から追い出してしまうべきじゃ」

「そのあたりは俺の一存ではどうにもならぬ。家主の胸三寸だな」

「陰陽師などという輩《やから》は油虫と同じく、すべて根絶やしにすべきぞよ。この世にあってなんの役にも立たぬくだらぬ存在じゃ。なにが禹歩《うほ》か。なにが反閇《へんばい》か。なにが……」

「そう憤《いきどお》るな」

「あやつらは厄病神というと消し去ってしまうべきものと思うて、やたらと祓え祓え祓えと大掃除のおりの掛け声のようなことを言うが、そもそも災難というのは必要かつ不可欠なものぞよ……」

キチボウシの理屈では、火事という災難が起きたら、材木屋、大工、襖屋《ふすま》、へっつい屋、桶屋《おけ》……などがもうかることになる。その金で彼らはまたなにかを買う。そうして世のなかが回っていく……というのだ。

「しばらくは俺も気を付ける。おまえは心配することはない」

幸助はそう言ったが、それではすまなかったのである。

◇

以来、陰陽師はほぼ毎日、幸助の家の様子を見にきている。こっそり来ているつもりなのだろうが、幸助は必ず気づき、

「わかっているぞ！」

と怒鳴《どな》る。そうすると舌打ちとともに足音が遠ざかっていく。キチボウシは、

「あやつはおのしが家を留守にするのを待ち構えておるのじゃ。困ったものぞよ」

「こうなると、出かけるときも絵を持っていかねばならぬが……邪魔になるし、俺の行くさきで災厄が起きたらそこのものに迷惑がかかる」

「どこかへ宿替えしてくれぬかのう……」

「無理だろうな。二十三軒断られたと言うていた。藤兵衛も、人情として追い出すことはできぬだろう」

「厄介《やっかい》なやつぞよ。悪神よりも始末が悪い」

幸助がよい思案はないかと考えているとき、

「ご免。幸助はおるか」

その声は、姫隈桜之進《ひめくまおうのしん》のものだった。南久宝寺《みなみきゅうほうじ》通りで「羆舎《ひぐましゃ》」という寺子屋を営んでいる人物だ。

「いるぞ。入ってこい」

キチボウシはネズミに似た小動物の姿になった。

「これは手土産《てみやげ》の饅頭《まんじゅう》だ。食うてくれ」

土産が饅頭というのも甘いもの好きの姫隈らしい。幸助は姫隈をひと目見るなり、

「おい、やつれたな」

と言った。もともと姫隈は寺子屋の師匠よりも武者修行の豪傑といった方がぴったりの風貌《ふうぼう》なのだが、少しおもやつれしている。

「わかるか」

「わかるとも。なにかあったのか」

「うむ、じつはな……」

姫隈はどっかと座り、勝手に土瓶《どびん》から冷えた茶を湯呑みに注ぐと、自分が持ってきた饅頭を頬張《ほおば》りながら、

「うちの寺子屋の地所を買い上げたいという話が来てな」

「よいではないか。高く売り払って、近くにもっといいものを建てろ。筆子の数も増やせるぞ」

「それが……買いたいと言うておるのは、『西新塾《にししんじゅく》』といって、あちこちで寺子屋を開き、筆子を集めている大きな組合だ。束脩《そくしゅう》（入塾料）も謝儀《しゃぎ》（授業料）も高額で、貧乏人の子息は入れぬゆえ、筆子は大店の跡取り息子たちばかりだそうだ。うちの立地が寺子屋を開くのに最適だ、ということで、目をつけたらしいのだが……」

「ならば羆舎とは方針が違うのだから、競合することはなかろう」

「ところが、向こうは、良家の子どもたちが通うのだから風紀が悪いと困るゆえ、羆舎の移転先は遠くにしてほしい、とか抜かしておる」

「羆舎に通う子どもが貧窮《ひんきゅう》な家の子せがればかりだからか。それは腹が立つな。断れ断れ」

「もちろん断った。そうしたら、西新塾は町奉行所に願い出た。大きな寺子屋を開業し、大勢の子どもに勉学を教える場を作りたいが、今ある小さな寺子屋の主が意固地で譲ってくれない、これからの国を築く礎《いしずえ》となる子どもたちに学びの機会を与えるため、罷塾の土地を取り上げ、我らに譲るようにしてほしい、とな」

「なんだそれは。無茶苦茶だ」

「そう、無茶苦茶だ。しかし、お上《かみ》は西新塾側の言い分に傾いておる。かなり袖《そで》の下が飛び交《か》っているようだな」

「うーむ……お上だからといってなにをしても許されるというわけではあるまい。おまえの方が先にそこで開業したのだから、権利はおまえにあるはずだ」

「わしも、黙ってはおれぬゆえ、そんなことは了承《りょうしょう》できぬ、とつっぱねると、だれが知恵をつけたのかはしらぬが、町奉行所から、西新塾と罷舎双方の代表が学問において競い合い、勝った方の主張を認める、とか言うてきた。馬鹿馬鹿しいとは思うたが、受けて立たねば土地を取られてしまう。それゆえずっとその試合の支度《したく》をしていて、あまり寝ていないのだ。今日ここに来たのも、ちょっと息抜きをしたくてな……」

「その試合はいつだ?」

「十日後だ」

「学問の試合とはどのようなことをするのだ」

「まずは読み書きそろばんだろう。どれだけむずかしい漢字が読めるか、どれだけよい文字が書けるか、どれだけ早く、正しくそろばんが置けるか……。あとは儒学、史書、唐詩、和歌なんぞの知識を問われるのだろう。わしも、ある程度は学問を修《おさ》めてきたが、西新塾の代表ともなると、教育の専門家だ。おそらく勝負にならぬだろう。だが、戦わずして負けを認めたくはない。やるだけのことはやらねばならぬ。――そんなわけで、こうして……」

姫隈は大きな饅頭をひと口で食べると、

「やけ食いをしておるのだ。――あ、しまった。自分で持ってきた土産を全部食うてしまった。おぬしの分がない」

幸助は笑って、

「なにか手助けできることはないか」

「ないな。わしが勝つよう、神仏に祈っておいてくれ」

そう言うと姫隈は帰っていった。キチボウシは老人の姿に戻ると、

「寺子屋どころではない。陰陽師の方をなんとかせねばならぬぞよ」

「わかっている。——ちょっと出かけてくる」

「どこへ行くのだ。おのしの留守にあやつが来たら困るぞよ」

「家主のところだ。陰陽師のことを相談してみる。隣のとら婆さんに言うておく」

「あんなババア、なんの役に立つものか」

「ならば、おまえがネズミになって陰陽師の尻に嚙《か》みついてやれ」

「わかった。——早《はよ》う帰ってこいよ」

「陰陽師が怖いのか」

「こ、こ、こ、怖くなんかないぞよ」

掛け軸を持っていけばよいのだが、それでは藤兵衛のところに災いが引き寄せられてしまう。

「早う戻れよ」

「わかっておる」

隣に住む糊屋《のりや》のとら婆さんがたらいで洗いものをしていたので、

「家主殿のところに行ってくるが、留守中にあの陰陽師が来たら、家に入れずに追い返してくれ」

「わかった、任しとき。あのおっさん、胡散臭いから、わしも嫌いや。なにかしようとしたら、やってこましたる」

たのもしい言葉である。幸助は周囲を見渡したが、穂賢博士の姿はなかった。

藤兵衛は家にいた。

「おやおや、先生、なにかおましたか。もし空腹なら、みつに飯を炊かせますけど……」

「いや、それはよい。あの陰陽師のことだ」

幸助は上がり込んだ。

「穂賢博士がなんぞしでかしましたか」

「そうではないが……うちにある掛け軸が諸悪の根源ゆえ、祓ってやると言うて聞かぬのだ」

「祓わせるのはまずいんだすか」

「俺はあの絵が好きでな。というのも、人間も邪神もまるで生あるかのごとき筆致《ひっち》で描かれているのだ。俺も絵師の端くれとして、かなり気に入っておる。しかし、お祓いなどして絵を浄化すると、その……絵のなかにある精気みたいなものが消えてしまうような気がしてな……」

「わからんでもおまへんな」

「家主殿は、あの男が長屋の厄払いをしてやろうという申し出を断ったが、それはなにゆえだ」

「この長屋に住んでるのは、インチキ医者とかばくち打ちとか立ちんぼうとか襤褸《ぼろ》買いとか女相撲の力士とか……そんな連中ばっかりだっしゃろ。なかには定まった仕事がのうて、日雇いでどんな危ない、汚れ仕事でもやる、というもんも多い。言うなりゃあ、世の中に捨てられたようなやつらだす。どっちかいうと人間より悪魔、鬼に近しいような心持ちで生きてますわ。正月の厄払いも、この長屋ではいっぺんもしたことがおまへんのや。せやさかい……」

幸助は、藤兵衛もよく似た思いだったことを知った。

「あの男、毎日、俺がいるかどうかうかがっている。こちらも神経が参《まい》ってしまう。なんとかならぬか」

「うーん……追い出すというわけにはいきまへんな。困り果ててうちの長屋に来たお方や。一度受け入れたものを手のひらを返すということはでけまへん。あのひともかっこん先生とおんなじ、うちの住人だすさかい……」

「それはそうだろう」

藤兵衛が長屋のものを分け隔《へだ》てしないおかげを、幸助もこうむっているのだ。

「本人は、手柄を立てて、ご公儀の天文方に雇うてもらうのや、と張り切ってはりますさかい、まわりが言うても無駄かもわかりまへんな」

それでは困るのだ、と幸助が言おうとしたとき、外で、ガラガッチャンガッチャンガッチャンという、なにかをひっくり返したような騒音が聞こえた。藤兵衛と幸助が出てみると、格子縞《こうしじま》の着物に細帯を締めた若い男が長屋のゴミ箱を抱きかかえるようにして倒れている。男は起き上がると、

「だれじゃ、こんなところにゴミ箱置きやがったやつは！」

藤兵衛が、

「やっぱりあんたかいな。こんなところて、このゴミ箱、ずっとまえからここに置いてあるで」

「嘘つけ。昨日まではここになかった」

「あったわい。——こんな大きいもんになんでけつまずいたんや」

「あっ、家主さんや。へへへ……考えごとして歩いてたら、つい……」

そう言いながら男は身体にひっついた魚の骨やら野菜を切れ端やらを払いのけた。

「なにを考えてたんや」

「おとといの博打《ばくち》のことだす。なんであのとき、丁やなくて半に張らんかったんやろ、

と思て、ずっと後悔してましたのや。あそこは半やったなあ。なんで丁に張ってしもたんやろ。あれで五両損しました」

「おとといから今まで、そのことばっかり考えてたんかいな。あんた……博打に向いてないわ」

「けったくそ悪いさかい、夜中に屋台のうどん屋で素うどん食うたら、これがまずいのなんの。けど、もったいないさかい全部食てしもたんだす。でも、どうやら腐ってたみたいで、その晩から腹下《はらくだ》しが続いて……」

「はあ……」

「あんまり腹が痛いさかい、医者に行ったら、これがとんでもない藪《やぶ》医者で、鍼《はり》を打ってもろたら血が止まらん。そこが膿《う》んできて……」

幸助は聞いているだけでぞくぞくしてきた。

「これも皆、あのとき丁に張ったのが悪かったのや、と思うと腹が立ってきて、気がついたらゴミ箱と心中してましたんや。えらいすんません」

「気ぃつけてや。歩くときはまえをよう見て歩くのやで」

「アホなことを。子どもやないんやから……あ、痛っ」

幸助には信じられなかった。男がどぶ板のうえを踏んだとき、板が一回転して空中に跳ね上がり、男の額に当たり、ぺーん！　という音がしたのだ。しかも、その瞬間、上空を飛んでいたカラスの糞が頭に落ちてきた。

（こんなついてないやつは見たことない……）

幸助が内心呆《あき》れていると、藤兵衛が、

「紹介がまだでしたな。この方、おとといこの長屋に降《ふ》ってきはりましたのや。和三《わさぶ》郎《ろう》さんというて、博打打ちだす」

和三郎は幸助にぺこりと頭を下げ、

「お控えなすってお控えなすって。手前生国《しょうごく》と発しまするところ浪花《なにわ》の……痛っ……あああ、舌嚙《か》んでしもた。血ぃ出てまへんやろか」

藤兵衛は和三郎の口のなかをのぞきこみ、

「血は出てないけど、舌がずたずたやなあ。あんた、おとといも仁義《じんぎ》の途中で舌嚙んだやろ。やめとき、て言うとるのに……」

「すんまへん。まあ、とにかくしがない博打稼業をしとります。ひと呼んで『晦日《みそか》の和三郎』、以後よろしゅうお願いいたします」

幸助も頭を下げ、

「この長屋の住人で絵師の葛《かつ》幸助と申す。お見知りおきくだされ」

藤兵衛が幸助に、

「家賃を溜めすぎて住んでた長屋を追い出されて、うちに来るまえに二十一軒断られたそうや。しゃあないさかい入ってもらうことにしましたのや」

どこかで聞いたような話である。

「あまりにツキのないひとでなあ、なにをさせても運が悪いのや」

さっきから見ていて、それは幸助にも納得できた。

「信じられへんかもしれんけど、このひとが丁と張ったら目は半と出る。半と張ったら目は丁と出る。こんな運の悪いひと、見たことないわ。いちばん博打に向いてないのとちがうか」

幸助は「晦日の和三郎」というふたつ名の意味がわかった。晦日（毎月の末日）は新月、つまり月が出ない……ツキがない……という洒落《しゃれ》なのだ。

「へえ……花札でも、配られてくる札がカスばかりなんで、どうあがいても勝てるわけがない。飯を食いにいくと、三度に二度は腐ったものが出てくる。道を歩いてると、ほかのもんにはおとなしい犬がわてだけに嚙みつく。夕立ちに遭《お》うても、わてだけずぶ濡れになる。こないだもどこかの子どもが揚げてた凧《いかのぼり》が落ちてきて、わての頭に当たって、えらい怪我しましたんや。ここ、見とくなはれ」

たしかにこめかみに傷がある。

「わて、商売の選び方を間違えましたわ」

「気づくのが遅すぎる。——先生、疑《うたご》うてはりますやろ。ちょっと試《ため》してみまひょか」

「なにをだ」

「このひとの運の悪さをだす。和三郎さん、あんたサイコロ持ってるやろ」

「これでよろしいか」

「とりあえず一《ぴん》の目が出たら勝ち、ゆうことにしまひょ。ここに十六文置くわ。二十回振ってみ。もし一回でも一が出たら、あんたのもんや」

「十六文ゆうたらうどんが食えまんなあ。ありがたい。やらせてもらいます」

和三郎は、畳のうえに賽《さい》を転がした。二の目である。もう一度。三である。もう一度。六である……。

「なかなか出ぬものだな」

「なかなかどころか永久に出まへんのや」

と藤兵衛が言った。

「まさか……」

「わしもはじめは信じられまへんでした」

和三郎はつぎつぎとサイコロを転がす。しかし、ほかの目は平均して出るのだが不思議なことに一だけは出ない。当人も投げやりではなく気合いを込めてやっているようだが、うまくいかない。そうこうしているうちに二十回が終了した。和三郎はぐったりして、

「ああ……やっぱりあかんかった」

藤兵衛が、

「ほな、つぎからもう二十回やってもらお。三の目が当たり、ということにしよか」

「わかりました」

そう言って投げると、途端《とたん》に一の目が出た。しかし、今度は三の目が出なくなった。

幸助は感心して、

「こうなると、イカサマとしか思えんな……」

藤兵衛が、

「そうだっしゃろ。けど、自分が損するようなイカサマておますやろか」

結局、二十回振っても三は出なかった。

「先生、わかりはりましたか？」

幸助はうなずいた。これほど運の悪い人間を幸助は見たことがなかった。自分もかなり運の悪い方だとは思っていたが、和三郎には「負けた」と思った。いくら腕のいい博徒でも、運がないと勝てるわけがない。「運を天に任す」というが、運は参加者に平等に訪れるからこそ博打というものが成り立つのだ。運の神さまもえこひいきをするのだな……と幸助は思った。

「もっと堅実な商売をしたらどうだ」

和三郎は頭を掻《か》き、

「わては博打がなにより好きだすのや」

「なるほど。あんたと俺は同類だな。気が合いそうだ。俺も絵を描くことは大好きだが、仕事はまったくない。世間の連中は俺の絵柄を好まぬようだ。生計《たつき》のほとんどは筆作りの内職で得ておる。しかし、絵を描くのをやめる気はさらさらないのだ」

「うれしいおひとやな。わてのこと同類やなんて言うてくれたお方、はじめてや。涙出るほどうれしいわ。今度、博打で目が出たら、お酒でもいきまひょか」

「目が出ることがあるのか」

「へっへっへっ……」

藤兵衛が、

「それで、うちに来たのはなんぞ用事か？」

「そうそう、忘れてた。箒掛けたいんで釘一本あったらいただけまへんか」

「それだけの用事のためにゴミ箱に頭突っ込んだり、どぶ板でぼちん打ったり、舌嚙んで血ぃ出したりしたんかいな。——ほら、釘や」

藤兵衛が釘を渡すと喜んで帰っていった。藤兵衛は幸助に、

「空《あ》いてるところがなかったんで、新棟のいちばん端《はし》に入ってもらいました」

「日暮らし長屋」は建て増しを繰り返して迷路のようになっているが、新棟というのは大通りを挟んで向こう側なので「新日暮らし長屋」という名がついている。「新」のくせに老朽化がひどく、パッと見るだけだと廃屋かゴミが積んであるようにしか思えない。今は、和三郎しか住人はいないようだった。

「家主殿、お邪魔をした」

幸助が帰ろうとすると藤兵衛は、

「まあ、穂賢博士にはあんまり出しゃばって勝手なことをせんように、て言うときますわ」

「頼む」

妙なやつが集まってくる長屋だな、と幸助がおのれのことを棚に上げて家に戻ると、

とらがまだ井戸端で洗濯をしていたので、

「だれか来なかったか？」

「来たで来たで。あの陰陽師や。盗人《ぬすっと》みたいに忍び足で来て、先生の家に入り込もうとしたさかい、ここから『この泥棒猫！　先生のとこに入るんやったら、このトラの死骸を踏み越えていけ！』て怒鳴りつけたら、あわてて逃げていきよったわ。ふぁっふぁっふぁっ……」

歯のない口で豪傑笑いをするとらに礼を言うと、幸助は家に入った。待ちかまえていたようにキチボウシが、

「どうであった？」

「家主に相談したが、追い出すというわけにはいかぬらしい。ただ、勝手なことをせぬよう言い含めてくれるそうだ」

「甘いぞよ。さっきも様子をうかがっておった。ああいうやつはなにをしでかすかわからぬ。もし、我輩がこの絵にふたたび封印され、出てこれぬようになれば、酒も飲めぬし、スルメも食えぬ。そんなことになったらこの世の終わりぞよ。掛け軸ごと安全なところに移してほしいぞよ」

「しかし、そうなると今度はその場所に不運や災いが集まってしまい……」

そう言いかけたとき、幸助の頭にあることがひらめいた。

「そうだ……！　あの男のところなら、これ以上は運気が下がるまい。あいつに預かってもらおう」

「あいつとはだれのことじゃ？」

幸助はたった今会ったばかりの「晦日の和三郎」のことをキチボウシに話した。

「ふうむ……もしかすると、我輩とは別の厄病神がそやつに取り憑いておるのかもしれん。そうなると互いにぶつかり合ってしまうゆえ、よろしくないぞよ」

「厄病神がいるかどうかは見たらわかるのか？」

「我輩ならばな」

「だったら、今から確かめにいこう。絵に入ってくれ」

キチボウシは言われたとおり掛け軸のなかに入った。幸助はそれを丸めるとふところに入れ、外へ出た。とらが、

「先生、また出かけるのかいな。あいつが来たら糊をこねる大きなへらでどついてこまそか」

「いや、今度は大丈夫だ」

幸助が和三郎の家を訪れると、釘を打っている最中だった。

「ああ、絵師の先生だすか。ようお越し……わあっちゃあっ！」

和三郎は金づちでおのれの指を思い切り叩いてしまったようだ。痛さのあまり手をひらひらさせたとき、落とした釘が足の甲に刺さった。

「ぎゃおーっ！」

幸助は一旦、家を出ると、掛け軸のなかのキチボウシに話しかけた。

「どうだ？　べつの厄病神はいるか？」

「おらぬ……我輩にも信じがたいが、この男は厄病神と同じような力を持っていて、それを知らぬまに発揮しておる『厄病人《やくびょうびと》』とでも言うべき人物のようだぞよ。生まれながらにして災厄を呼び寄せることができるのじゃ。なんともあっぱれではないか」

「当人にしてみればとてもあっぱれとは思うまいが……では、この男に掛け軸を預けよう。しかし、あの六壬式盤とやらで見つけられては困るな……」

「これだけ離れていたらわかるまい」

「ならばよい。しばらく置いてもらえ」

「む……ぼろぼろすぎて居心地が悪そうだが、しかたあるまい」

幸助はふたたび和三郎の家に入ると、

「じつは折り入って頼みがある。あるものを預かってもらえぬだろうか」

「あるものとはなんでおます？」

　ふところから巻いた掛け軸を取り出し、

「安倍晴明という昔の大陰陽師を描いた絵だ。値打ちはないが、俺にとっては大事なものでな……」

「それをなんでわてなんかに……」

「この長屋に住む陰陽師がこの掛け軸を欲しがっていてな……」

「ああ、ドジョウ髭の……」

「俺が『譲る気はない』と言うと、盗んでも手に入れてやる、と言い出した。うちに置いておくと物騒ゆえ、しばらくあんたのところに隠しておいてもらえぬか」

「かまいまへんで。ぬかみその壺にでも仕舞うときますわ」

「くれぐれもよろしく頼む」

「先生は、わてのことを自分と同類やと言うてくれはった。この掛け軸、命に代えてお守りしまっさ」

「そこまで大袈裟にしなくてもよい」

　幸助は掛け軸を和三郎に手渡すときに、掛け軸に向かって小声で言った。

「それでは俺は帰る。おとなしくしておれよ、よいな」

和三郎は、

「先生、あんた、掛け軸に話しかけましたんか。うわあ、これはよほど大事なものとみえまんな。心してお預かりします」

幸助は頭を下げると、和三郎の家を出た。

（これでしばらくは安心できる……）

しかし、根本的な解決にはなっていない。陰陽師にこの絵の祓いをあきらめさせる手段を講じなければならないのだ。家に戻り、幸助はごろりと横になった。

（近頃、暇があると寝ているような気がするな……）

キチボウシのいなくなった家はなんとなくがらんとしていた。

（お福に相談したいが、キチボウシのことを話すわけにもいかぬし、話しても信じないだろう。掛け軸も、あいつに預けてしまうのがいちばんだが、商売が左前になっても困る……）

弘法堂や羆舎も巻き込めない。幸助が悩んでいると、

「絵師殿、おいでか」

そら来た！　と幸助は思った。穂賢博士の声に間違いなかった。

「いるぞ。入ってこい」

右手に笏、左手に六壬式盤を持った陰陽師は喧嘩腰でどすどす上がり込むと、家のなかを見回した。

「どこだ」

「なにがだ」

「とぼけるな。あの絵だ。わが祖安倍晴明を描いた掛け軸をどこへやった」

「さあて、どこかな」

「言うたはずだ。あんなものが家にあると災厄に見舞われるぞ。この家だけではすまぬ。長屋中がたいへんなことになる。それでもよいのか」

「よい」

穂賢博士は急にその場に土下座して、

「頼む。わしに祓わせてくれい。陰陽師として手柄を揚げるに格好の材料なのだ。お願いだ。わしに祓いを……」

「断る」

「これほど頼んでもか」

「あの絵はな、あんたがうるさく言うので、ひとにあげてしまった。だからもうここにはないのだ。残念だったな」

「だれにあげたのだ」

「それは言えぬ。さようなら」

「ぜったいに見つけ出してやる」

陰陽師は六壬式盤を家の中央に置き、笏を振るって祈禱をはじめた。汗が顔ににじみ、それがぽたぽたと床に落ち始めたころ、

「うーむ……すぐ近くにはなさそうだな。ああ、ドーマンセーマン」

「遠方の友人に譲ったのだ」

「どれぐらい遠方だ」

「蝦夷《えぞ》だ。いや、薩摩《さつま》だったかな」

「馬鹿にするな！」

穂賢博士は立ち上がると、

「わしはしつこい陰陽師だ。たとえ何年かかってもかならず見つけてやる」

「ほんと、しつこいな」

「帰る」

「どうぞ」

「また来る」

「もういいってば……」

陰陽師は来たとき同様どすどすと去っていった。

◇

和三郎は、幸助から預かった掛け軸を空《から》のぬかみそ壺に入れ、蓋《ふた》をした。もちろんぬかみそは入っていないのだが、それでもあちこちにこびりついており、臭いも充満している。

（ううう……これはたまらぬぞよ。掛け軸に酸っぱい臭いが染みつきそうじゃ）

キチボウシは長い鼻をつまんでみたが効果はなかった。

和三郎は博打打ちだけあって、しょっちゅう外出する。それも夜が多い。飯も外で食ってくるらしく、家にはへっついもカンテキもない。鍋もやかんも包丁もない。茶碗もない。着物も布団もない。ないない尽くしなのだ。あるのはサイコロと湯呑みと行灯《あんどん》ぐらいのものだ。毎晩、帰ってくるなり、

「ああ、今日も目が出んかったなあ……」

そうつぶやいて寝てしまう。だから、家がぼろぼろだとかそういうこともどうでもいいらしい。しかし、ある晩、戻るなり、

「へへへへ……持つべきものは太っ腹の兄貴や。わてが負け続けなのを見かねて、『ええ酒をよそからもろたのやが、俺は酒飲めんさかい、おまえにやるわ』言うて二升くれはった。ありがたいやないか。そないいうたら、今日はいっぺんもカラスに糞かけられてないし、道でコケてないし、犬に噛まれてもない。おおっ……もしかしたらわてにもそろそろツキが回ってきたのとちがうやろか。ということは、あの掛け軸はえべっさんの笹とかだるまさんみたいな、ツキを呼ぶ縁起物ゆうことか。ええもん預かったなあ……」

そんなことをつぶやきながら和三郎は湯呑みに酒を注いで飲み始めた。アテもないし、相手もいないが、ぐびぐびと飲み続ける。そのあいだもずっと独り言を言っている。どうやら長いやもめ暮らしで身についた習慣らしい。掛け軸のなかでそれを聞いていたキチボウシは、飲みたくてたまらなくなってきた。

（ここに来てから一滴も酒を飲んでおらぬ。たまらぬぞよ。ぬかみそ壺より酒の壺にでも入れてもろうた方がよかったわい……）

そんなことを思っていたが、やがて、寝てしまったらしく、大きないびきが聞こえ

てきた。キキチボウシは掛け軸全体を動かして、壺の蓋を開けようとしたが、うまくいかない。十度、二十度と試みているうちに、しだいに蓋がずれてきた。

（もう少しぞよ……）

掛け軸の端で蓋をなかからつつくこと百回あまり、やっと蓋が転がり落ちた。

（やった！　やったぞよ！　為《な》せば成る為さねば成らぬなにごとも……！）

キチボウシは掛け軸のなかから抜け出そうとしたが、きつく巻かれているので身動きが取れぬ。それでもしつこく身体を傾けているうちに、壺が横倒しになり、掛け軸は外に転がり出た。掛け軸を広げさせ、するりと抜け出した。思っていたとおり、和三郎は湯呑みを手にしてあぐらをかいたまま寝てしまっている。暗い部屋の真ん中には行灯が灯《とも》されていた。

（しめしめ……湯呑みはどこじゃ……）

キチボウシはべつの湯呑みを探し出し、酒を注いだ。馥郁《ふくいく》とした香りが立ち上る。

（この匂いだけでもうっとりするぞよ。ぬかみそとはえらい違いじゃ）

ひと口飲んで、

（キシシシシシ……こやつの兄貴分が申しておったとおり、なかなかの上酒ぞよ。美味い美味い）

キチボウシは何杯も盃を重ねた。

（かなり減ってしまったが、まあよかろう。いざとなったら絵のなかに逃げ込めばよい。こやつも、酔っぱらっているから自分が全部飲んでしまったと思うにちがいない）

そのうちにキチボウシ自身も酔ってきた。

（よい心持ちぞよ……久々の酒ゆえ、回るのも早いわい）

そう思ったとき、耳の後ろで気配がした。振り返ると、どこから入ってきたのか一匹の野良猫が今にもキチボウシに飛びつこうとしている。おそらくネズミと間違えたのだろう。

「しっ、しっ、あっちへ行け！　わしは神ぞよ！」

がっかりした表情になった猫は土間に飛び降りたが、そのとき行灯を蹴倒《けたお》した。行灯は倒れ、燃え上がった。

（しまった……消さねばならぬ！）

酒をぶっかけてみたが消えない。そのうちに火は次第に大きくなっていった。

（えらいことだぞよ……！）

キチボウシは蒼ざめた。炎はすでに天井近くまで燃え広がっている。キチボウシは必死に和三郎を揺さぶった。

「こらっ、寝てる場合ではないぞよ！　起きぬか！　火事ぞよ！　火事ぞよ！」

「うう……なんじゃい、耳もとでぞよぞよ言うとるやつは……」

和三郎はようやくうっすらと目を開けた。

「あれ？　なんかまわりが火に囲まれてるみたいやなあ……わて、まだ夢見てるのやろか……。けど……なんか熱いで。熱っ……！　えーっ、これ、もしかしたらほんまの火事やろか……！　うわあっ、火事や！　火事や！」

和三郎は火のなかで躍《おど》り上がっている。キチボウシはもはやこれまで、と絵のなかに入った。和三郎はあたりを見渡し、

「そや、預かりもんがあったのや。あれ？　ぬかみそ壺に入れといたはずやのに、こんなところに落っこちてる。巻いてあったのにほどけてるがな。どういうこっちゃ……。――とにかく、これを持って逃げんと……」

和三郎は掛け軸をふところに入れると、戸を突き破るようにして表に飛び出した。

「火事やーっ火事や！　火事だっせー！」

声をかぎりに叫ぶと、長屋の連中が集まってきた。家主の藤兵衛やみつの姿もある。少し遅れて幸助も駆けつけた。

「火元はどこだ」

和三郎がひょいと顔を突き出し、

「わての家だす」

「なんだと！」

激しい後悔の念が幸助を襲った。

（しまった……やはり災厄を招いてしまったか……）

和三郎の家はみるみる燃え落ちた。幸助は唇を噛んで、

（キチボウシ……すまぬことをした……）

和三郎は、

「そや、先生、預かってた掛け軸だす」

そう言ってふところから掛け軸を出した。

「おおっ……どうしてこれを……」

「えらい大事なもんや、て聞いてたさかい……。持ち出せたもんはこれだけでおます」

幸助は安堵《あんど》のあまりふらっとした。

「ありがとうありがとう……」

幸助が掛け軸を受け取ろうとしたとき、

「そんなところに隠蔽《いんぺい》しておったか。見つけたぞ見つけたぞ、とうとう見つけたぞ！」

振り返ると、陰陽師が勝ち誇ったような顔で立っていた。陰陽師は幸助に飛びかかり、掛け軸を強奪するとそのまま走り去った。追いかけようとしたが、火の手が「新日暮らし長屋」のほかの家をも浸食《しんしょく》しようとしていたので、消火を優先せざるをえない。

近くの会所の火の見やぐらから半鐘《はんしょう》の音が聞こえてくる。藤兵衛を先頭に、長屋のものたちはお手繰りで井戸端から桶を運び、水をかけたが、埒《らち》があかない。そのうちに「瀧《たき》」という印の入った纏《まとい》を持った町火消がやってきて、「新日暮らし長屋」を鳶口《とびぐち》や斧、のこぎりなどで取り壊しはじめた。いわゆる「破壊消防」というやつで、風下《かざしも》の建物をなくすことでそれ以上の延焼《えんしょう》を防ぐのである。

さいわい風がほとんどなく、火元が大通りで区切られていたので、半刻《はんとき》ほどすると火事は収まった。藤兵衛は汗を拭い、

「まあ、よかったよかった。火消の皆さんもご苦労さんでした。誰も住んでなかったのが幸いやった」

和三郎が、

「わては住んでましたで」

「ああ、そうか。けど、火傷《やけど》もせんかったのならよしとせなあかん」

「全財産が燃えてしもた……明日からどないしよ」

「全財産て、なにがあったのや」

「着物は着た切りやし、家財道具もないし、布団もへっついもカンテキもなし。行灯とサイコロとぬかみその壺ぐらいのもんやろか」

「なにが全財産や。——とにかくだれも怪我せんかったみたいでなによりや。——明日にでも、瀧組の頭《かしら》に一斗樽《いっとだる》でも持って挨拶《あいさつ》に参りますわ。町内に謝りに行かなあかんし、お奉行所にも届けなあかん。ああ、忙しい忙しい。皆さん、火事だけは気ぃつけとくなはれや。——和三郎さん、あんたは今日はうちに泊まりなはれ。新しい家はまた塩梅《あんばい》したげるさかい……」

長屋の連中もそれぞれの家に帰っていった。幸助はハッとして、

（掛け軸……！）

急いで陰陽師の家に向かった。戸を乱暴に開けて上がり込むと、穂賢博士は掛け軸を壁に掛け、祈禱の真っ最中だった。

「オン・ケサラン・パサラン・ソワカ、オン・ユクトシ・クルトシ・ソワカ、オン・

ギッタン・バッコン・ソワカ……」

「やめろ！」

幸助が掛け軸を壁から外すと、

「邪魔するな！」

陰陽師はそう叫んでつかみかかってきた。突き飛ばすと陰陽師は俵《たわら》のように転がったが、

「ふっふっふっ……もう遅い」

「なに……？」

「厄病神はふたたびこの絵に封じた。二度と出てこれぬ。陰陽寮では一度も上手《うま》くいかなかったのに、今日はなぜか上手くいった。おそらくは先祖の霊が力を貸してくださったのであろう。ああ、ドーマンセーマン」

幸助は絵を見た。キチボウシはいつもの悪神の並びからは消えていた。しかし、絵の下部に牢屋のようなものが描かれていて、そこに閉じ込められているのだ。牢には金色の太い鎖が巻き付けられている。幸助は牢のなかのキチボウシに向かって、

「おい！　出てこい！」

しかし、キチボウシはぴくりとも動かない。どこか悲しげな表情を浮かべてあらぬ

方を見つめている。幸助は穂賢博士の胸ぐらを摑むと、

「封印を解け！　厄病神を絵から出せ！」

「く、苦しい……手を離せ！」

幸助は陰陽師をその場に叩きつけた。穂賢博士は首のまわりを手で撫《な》でると、

「乱暴なやつだ。わしはおぬしにとってもこの長屋にとっても善きことをしてやったのだぞ。感謝されこそすれ、こんな扱いを受ける筋合いはない！」

「うるさい！　厄病神は俺の友なのだ！」

「ははははははは……馬鹿馬鹿しい。そんな話、聞いたことがない。厄病神が友だなど、頭がおか……」

幸助は穂賢博士の利き腕をねじり上げた。

「痛い痛い痛い！　これっ、乱暴はするなと言うただろう！」

「俺が厄病神と友であることを信じるか」

「信じる信じる、だからやめてくれ」

幸助が手を離すと穂賢博士は荒い息をつきながら、

「おぬしはわしが知っているなかでいちばんの物好きだ。なにゆえ皆が嫌う厄病神の肩を持つ？」

「言うただろう。友だからだ」

「災いをもたらされてもか？」

「この厄病神はそれほどたいした力はない。ほかのだれかが迷惑せぬよう、俺が一手に引き受けてやろうと思ったのだ。そうこうしているうちに気が合い、友となった。俺は大坂にひとりで出てきてから友と呼べる相手は少ないが、皆、変わり者だ。俺がだれと付き合おうと他人の指図は受けぬ」

「ふうむ……」

穂賢博士は座り込むと、

「なるほど……面白い考え方だのう」

「ついでに言うと、あんたもかなりの変わり者だと思う。俺の『友候補』のひとりだ」

「む……」

陰陽師は下を向き、

「それはうれしいが……しかし、この絵についてはもうわしにはどうすることもできぬ」

「なぜだ。俺がこの絵から厄病神を解き放ったときは、酒を垂らすだけで封印が解けたぞ」

「それは、数百年のあいだに安倍晴明の呪力がやや薄れていたために、封印が少しほどけたのだ。絵から遠く離れたり、絵のなかに長いあいだ戻らぬと消滅してしまうし、絵が燃えたり破れたりしても同じだ。わしは、多少のことでは封印がほどけぬよう、絵に封じるだけでなく、絵のなかにある牢屋にこうしてぶち込み、神通力を込めた鎖でその牢を縛り上げた。自分でも驚いたことに、それが上手くいってしまった。ここまで厳重に封ずるとわしにはその封印を解く力はない」

「自分がかけた封印なのにか？」

「さよう。一度割った生玉子をもとに戻せと言われてもできぬ。それと同じだ」

少しちがうような気がしたが、それどころではないのでツッコまなかった。

「じつは、鎖で縛ったときに、鎖を解く呪文も定めておいた。それをを唱えると鎖が消滅するはずなのだが、その呪文を忘れてしまった。ああ、ドーマンセーマン」

幸助は呆れかえった。

「いつも同じ呪文ではないのか？」

「呪文というより合言葉でな、毎回変えるのが定めになっておる」

「どこかに控えていないのか？」

陰陽師はかぶりを振った。

「簡単なものなので、覚えていられるだろうと思うたのだが、まったく思い出せぬ」

「ほかの陰陽師ならその鎖、切れるのではないか？　あんたよりずっと力のある大陰陽師なら……」

穂賢博士は真面目な顔つきになり、

「絵師殿、聞かれよ。陰陽師というものは古来、厄病神、死神、疫病神、祟《たた》り神……といった悪神を祓うことを務めとしてきた存在だ。つまり、悪神と陰陽師は敵同士なのだ。厄病神の封印を解いてくれ、と頼まれて、はい、そうですか、と引き受ける陰陽師はおらぬ」

「大金を積んでも無理か？」

穂賢博士はかぶりを振り、

「そんなことをしたことがバレたら、陰陽師という陰陽師はこの世から消されてしまうだろう」

「なるほど……。では、手の施《ほどこ》しようがない、ということか……」

「すまんな。わしも強引すぎた。おのれの手柄にしたかったのだが……」

ふたりは落ち込んだまま、ひと言も発することなく座っていた。そのうちに穂賢博

士が、

「じつはな……ひとつだけ方法がある」

「なに？　それを早く言わぬか！」

「いや……まあ……言うても詮《せん》なきことかと思うてな」

「かまわぬ。教えてくれ」

「うーん……やはりやめておこう」

「じらすな。頼む。このとおりだ」

幸助が頭を下げると、

「では、申し上げる。おぬしがこの絵に入るのだ」

「は……？」

「わしは疜病神をこの絵から解き放つことはできぬが、おぬしをこの絵に入れることならできる。おぬしはこの絵のなかを動き回り、疜病神が封じ込められている牢を探し出し、鎖を切り、絵から連れ出すのだ」

信じられない話だが、考えてみれば、キチボウシの存在自体が普通では信じられないことなのだから、人間が絵に出入りすることも可能なのかもしれない、と幸助は思った。

「厄病神は封じたが、おぬしは封じるのではなく絵に入れるだけだ。だから、絵のなかで束縛《そくばく》なく行動できる」

「しかし、合言葉がわからぬと鎖が切れぬではないか」

「わしが適当に思いついた短い言葉だ。おぬしも鎖に関する言葉を適当に並べ立てていけば、そのうち当たるだろう」

下手な鉄砲も数撃てば当たる、というわけだが、当たらなければたいへんなことになる。

「絵から連れ出す、というのはどうやるのだ」

「わからん」

「わ、わからんだと……？」

「安倍晴明がお書きになった『三国相伝陰陽輨轄簠簋内伝金烏玉兎集《さんごくそうでんいんようかんかつほきないでんきんうぎょくとしゅう》』の別巻に、絵に出入りする法というのが載っておる。しかし、現存するこの書には、入る方法は書かれているが、出る方法の部分が虫食いで読めぬのだ。しかし、入れたのなら出ることもできよう」

「…………」

「おぬしが入るというても、おぬしの身体が入るわけではない。今から、おぬしは夢を見る。夢のなかでおぬしの霊魂《れいこん》が身体を抜け出し、この絵のなかに入ることになる。問題は、この牢屋がどこにあるかだ。絵のなかはおそろしく広い。できるだけ早く探し出して、牢を縛った鎖を切れ。厄病神とはぜったいに離れず、かならず一緒に出てくるのだ。はなればなれになってはならぬぞ」

幸助はうなずいた。

「人間が絵のなかにいられるのは、金烏玉兎集別巻によると一昼夜だ。それ以上滞在すると、魂が絵の世界になじんでしまって出てこれぬようになるらしい。とにかく急ぐことだ」

「わ、わかった」

「それともうひとつ、気を付けねばならぬことがある。連れ出すのは厄病神ひとりだけだ。絵のなかにはほかにも封じられているものがいるかもしれぬが、そういう連中が、連れていってほしい、と言うても、耳を貸すな。かたがた言うておくぞ」

「俺の魂が絵に入っているあいだ、俺の身体はどうなるのだ」

「眠ったままだ。なにかあっては困るゆえ、わしがずっと付き添っておく」

「ふーむ……上手くいくかな」

「それは請け合いかねる。なにしろわしも試したのは此度《こたび》がはじめての術だ。本来は、わしよりはるか上位の陰陽師が使うものだが、おそらくここ五百年ほどはだれもやったことがないはずだ。しかもわしは絵のなかに入ったことがないので、そこがどんな具合でどうなっていてなにがあるのか……などまったく知らぬ。わしが聞いた話では、鳥羽僧正《とばそうじょう》という御仁がおのれの描いた絵のなかに入ったが、出てくることができず、そのまま身体は滅びたそうだ」

こんないいかげんな話に乗ってもよいのだろうか。そもそも下手くそすぎて式神も満足に飛ばせない腕の男だ。おのれの命を託《たく》すには危なっかしすぎる。

「さあ、どうする？　わしも一度はやってみたいとあこがれていた術なのだ。普段ならしくじるに違いないが、今日は厄病神の封じ込めが上手くいったから、なんとなーくこれも上手くいくような気がする。ああ、ドーマンセーマン」

幸助は考え込んだ。キチボウシを助けたいという気持ちもあるが、絵師として「絵のなかに入る」体験ができるということに興味を覚えたのだ。

（絵のなかというのはどうなっているのだろう……）

めったにない、いや二度とないかもしれない機会である。これを逃すことは絵師としてありえなかった。

「よし……やってみよう」

「おお、そうか！　では、さっそく取り掛かろう。この薬を飲め。ただの眠り薬ゆえ心配するな」

幸助は、差し出された粉薬を飲んだ。苦い。

「ここに仰向けに寝るのだ」

「こうか？」

「それでよい。目を閉じよ。今からわしが祈禱をはじめるゆえ、わしの声を心のなかで繰り返せ。よいな」

幸助は返事をしようとしたが、眠くて眠くて口が動かなかった。穂賢博士は祭壇の香炉に香をくべると、一冊の書物を広げた。

「えーと、どこだったかな……おお、これだこれだ。たかたか不動明王、うるわし不動明王、ひらくや不動明王、からまり不動明王、だんじり不動明王の五不動にお願い奉る。この世のものすべてに縦と横と高さあり。今、五不動の力をもってここにいる葛幸助の高さを取り去り、平坦の世界に送りたまえ。ああいえばこうゆう、そういえばどうゆう、あちらと思えばまたこちら、そちらと思えばまたどちら、知っても知らずも傘のうち、ああありがたを申し上げまする。ありがたやありがたや、ありがたやありがたや、あーりがーたやありがたやー、あーりがーたやありがたやー・ソワカ」

よく聞き取れぬまま幸助がそのわけのわからない祭文を頭のなかで反芻《はんすう》していると、妙な気分になってきた。幸助は祭壇のまえで寝ている。しかし、もうひとりの幸助がうえからその幸助を見下ろしているのだ。

（これが、魂が抜け出すということか……）

穂賢博士はそのことに気づかず、朗々と祭文を読み上げている。幸助は掛け軸の絵に向かって進み、右手でその絵を触ろうとした。すると、手が絵のなかに入ったではないか。水に手を入れたようになんの抵抗もなかった。驚いて、一旦入れた右手を引き抜こうとしたが、今度はまるで動かない。しかたなく左手で右手をつかもうとすると、左手まで絵のなかに入った。続いて頭が、胴体が、最後は足が入り、気づくと全身が飲み込まれていた。陰陽師の祭文が後ろから聞こえてくる。幸助は絵のなかの世界で一歩を踏み出した。

あたりは薄暗い。

（提灯《ちょうちん》を持ってくればよかったな……）

そんなことを思いながら進む。前後左右に靄《もや》がかかっているようで、ぼんやりとしている。あまり遠くの方は見通せない。適当な方角に向かってしばらく進むと、広場のようになっている場所があった。そこには横長の祭壇があり、そのうえに紙垂が立てられ、さまざまな容器が並べられている。手前には黒い狩衣を着て、烏帽子をかぶった人物が茣蓙《ござ》のうえに座し、巻物を広げて読み上げている。彼の後ろには角《つの》のない鬼のようなものがふたり並んで控えているが、これは式神だろう。祭壇を挟んで反対側には、頭に三本の黒い角が生えた化けもの、真っ黒で全身が顔の化けもの、外法頭《げほう》に目が六つある化けもの、豹《は》のような化けもの……などがいる。つまりは、あの掛け軸に描かれていたとおりの光景である。どう見ても彼らは肉体を持ってそこにいるように思えた。ただし、キチボウシの姿はない。

（これが絵のなかの世界か……！）

幸助は感動したが、のんびりしてはいられない。キチボウシを救わねばならぬ。幸助は、祈禱をしている人物に向かって、

「卒爾《そつじ》ながらものをたずねるが……」

「なんじゃ、わしゃ今、忙しい」

「なぜ忙しいのです」

「見てわからぬか。悪神を封じる儀式をしておる」

「いつからしているのです」

「そうじゃな……かれこれ七、八百年ほどか」

かなり気が長い人物のようだ。

「厄病神がひとり、このあたりにいるはずなのだが、居場所を知らぬか」

「知らぬ。わしゃずっとここに座っておった」

「牢屋のようなところに閉じ込められているらしい」

「ああ、それなら『カンコーロー』かもしれぬ」

「なんだ、それは」

「わしがかつてカンコーを封じ込めた牢じゃ。あそこに入ったら出ることはできぬ」

「それを出さねばならんのだ」

「馬鹿な。カンコーが出てきたらたいへんなことになるぞよ」

「で、そのカンコーローはどこにある」

「さあ……忘れたなあ。なにしろ七、八百年まえのことゆえ……」

「そこをなんとか思い出してくれ」

「無理じゃ。祈禱の邪魔になるゆえあっちへ行ってくれ。行かぬと式神をけしかけるぞ」

しかたなく幸助は、行儀よく座っている悪神たちのところに行き、

「厄病神がどこにいるかしらないか。おまえたちの仲間だろう」

目が六つある化けものが、

「ああ、あいつか。あいつはどういうわけかたまにいなくなる。戻ってくると酒臭い。どこかに飲みにいってるのだろう」

「それが、カンコーローとかいう牢屋に閉じ込められているらしいのだ」

「そんなところ聞いたこともないね」

ほかの悪神にたずねても同じだった。まったく頼りにならない連中である。

「そういえば死神がいないな」

幸助が言うと、

「ウサギみたいなヒキガエルみたいなやつのことか。あいつは近頃仲間になったんだが、風来坊な野郎でどっかに行ってしまったよ」

ここで得られる情報はこれ以上ない、と思った幸助は、安倍晴明や悪神たちに礼を言ってその場を離れた。

(しかし、安倍晴明といっても、本ものではなく、だれかが描いた絵のはずだが……)

そんなことを思いながら歩いていると、遠くに黒っぽいものが見えてきた。とりあえずそちらに向かって進んでみる。そのあたりはまったく黒一色の世界だった。竹が生い茂り、奇怪な形の山々が連なり、苔《こけ》むした岩があちこちにある。松の木が並ぶそのなかを細い道が通り、山頂付近にある一軒の草庵に続いている。草庵の窓から、なかに髭の長い老人と童子のような子どもがいるのが見えている。月がはるか高みからそれらの景色を照らしている。しかし、山も岩も竹も松も全体がかすれて、おぼろげだ。

(ははあ……これは水墨画だな……)

どうやら「絵のなかの世界」というのはほかの絵ともつながっているようだ。

(これは広すぎて、探すのはたいへんだぞ……)

幸助が山道を歩いていくと、竹藪《たけやぶ》のなかから唸《うな》り声がした。見ると、一頭の虎がこちらをうかがっている。しかし、その虎も墨一色だし、なんとなく朦朧《もうろう》としている。幸助は無視して、なおも道をたどった。やがて、草庵が近づいてきた。建物も老人も童子ももちろん黒と白以外の色はない。老人は酒を飲んでいるようで、顔がてかてかと輝いていた。

「これはこれは珍しいお方のご来駕かな」

「俺のことを知っているのか？」

「仙人志望の杜子春《とししゅん》であろう。まえに来たことがある。童子よ、お酒をさしあげろ」

童子が出した椀のなかに溜まっている液体は真っ黒で、どう考えても飲めそうになかったが、行きがかり上やむをえない。幸助はそれを飲み干したが、やはり墨の味だった。

「俺は杜子春とやらではない。カンコーローというところに友が幽閉されているらしいので助けにいきたいのだが、その場所がわからぬ。ご老人はご存じないだろうか」

「ああ、もっと飲みたいか。童子よ、どんどん注いでさしあげろ」

「いや、酒はもういらぬ。カンコーローの……」

「美味い！　杜子春殿の言うとおり、甘露《かんろ》なる酒だ」

「甘露ではなくカンコーロー……」

「では、わしの作った詩を披露いたそうか。僧は敲《たた》く月下の門……いや、僧は推《お》すの方がよいかな……」

童子が幸助に目で合図をした。ここにいても無駄だから早く立ち去れ、ということらしい。幸助はうなずき、

「ご老人、お邪魔をした」

しかし、老人は幸助の方を見ようともせず、推すか敲くかで悩んでいるようだ。幸助は山を下っていった。地上に着くと、ふたたび世界に色が戻った。遠くの方に光る

ものが見えたのでそちらに向かう。だんだん全貌が見えてきた。光っているように思えたのはあたりに金粉が敷き詰められているからだ。豪華絢爛な雰囲気のなかに、小川が流れ、桜が咲き乱れている。岸辺で鶴が三羽、はがいを休めており、鹿が二頭、草を食べている。周囲には金色の雲のようなものがたなびいている。

（ははあん……これは襖絵《ふすまえ》だな……）

幸助はそう思った。大名家や御所、大きな寺院などの襖を彩る絵画である。権力者がおのれの力を誇示《こじ》するために描《えが》かれることが多く、様式はたいがい決まっており、松、梅、桜、ぼたん、鶴、亀、クジャク、オシドリ……といったおめでたい素材が使われる。幸助が絵師としての興味から、あちこちを見て歩いていると、たなびく雲の合間から巨大な龍が顔を出した。仰天した幸助が身を伏せると、龍は身体をうねらせながら、どこかに行ってしまった。

（絵のなかというのもなかなか物騒な世界だな……）

唐獅子が一頭うずくまっているが、下半身がない。よく見ると、男がひとり絵筆を持って、下半身を描こうとしているのだ。幸助は、おそるおそる話しかけてみた。

「俺は葛幸助という絵師だが、あんたも絵師のようだな」

男は胡散臭そうに幸助を見ると、

「わしは狩野《かのう》派の絵師だ。おまえのような貧乏絵師とは違う。仕事をくれと言われても無理だ」

「そんなものはいらぬ。このあたりに厄病神が閉じ込められているらしいのだが、どこだかわからぬか」

「厄病神だと！　汚《けが》らわしい！　鶴とか亀とかキジとかめでたいものを描くのがわしの仕事だ。そんなもの知るわけがない」

「そりゃそうだろうな。じゃあ生涯、めでたいものばかり描いているがいい」

ここもまた収穫なしだった。幸助はがっくりしてその場を去った。またしばらく行くと、やたらと顔のでかい男女がたむろしているところを通りかかった。男たちは、

「問われて名乗るもおこがましいが……」

「月もおぼろに白魚の……」

「いやさお富、久しぶりだなあ……」

などと大仰に見得を切りながらしゃべっている。女たちは、

「そうでありんす。まあ、こちのひと……」

「わちきにも一服吸わせておくんなまし……」

「あーれー」

などと言い合っている。

（なるほど、これは浮世絵の世界か……）

人気役者や有名花魁《おいらん》を描いた刷りものは、職人によって多色刷りされ、大勢が争って買い求めるようになった。富士山ばかりが何十も並んでいる山岳地帯をなんとか通り抜け、へとへとになって歩いていると、

「まだこの先、五十三次あるよ」

と通りすがりの旅人に言われて、幸助はその道を断念した。向かいから来た女の着物を着た男が幸助に、

「知らざあ言ってきかせやしょう……」

「なにをだ？」

「写楽《しゃらく》の正体を」

「そんなことはどうでもいい。俺が知りたいのは厄病神の居場所だ。カンコーローというのどこにある」

「知らざあ言ってきかせやしょう……」

「つまり、知らないんだな」

「そういうことだ」

幸助は弁天小僧に礼を言うと、また歩き出した。

(どこにいるのだ、キチボウシ……)

前途は多難のようであった。

◇

「なんやと？　貧乏神が眠ったまま目覚めん？　えらいことやないか……」

お福旦那は、穂賢博士に言った。お福は、日暮らし長屋の近くで火事があったが鎮火した、という噂を聞きつけ、酒樽を持って火事見舞いに来たのだ。幸助の姿が見えないので、あちこちを訪ね歩き、やっとこの家にたどりついたのだ。

「えらいことであるのはたしかだが、眠ったままというのはそれでよいのだ」

「ええはずないやろ。早う目ぇ覚まさなあかん」

お福が幸助の身体に手をかけて揺さぶろうとしたので、陰陽師はあわてて止めた。

「こらっ！　触るな。揺すったり叩いたりして、この身体にひょっとなにかあったら絵師殿は二度と目を覚まさぬかもしれんのだぞ！　安静を保ち、一寸たりとも動かしてはならぬ。わしはそのためにここで見張っておるのだ」

お福は陰陽師の胸ぐらを摑み、

「おい、あんさん、この男になにをしたのや？　返答次第では許さんで」

「なにもしておらぬ。ただ……今、幸助殿の魂は身体から抜け出し、この絵のなかに入っておる。自力で戻ってくるまでわれらにはなにもできぬ。ただ待つのみ」

「おい、おっさん」

「おっさんとはなんだ！」

「人間が絵のなかに入るやなんて、そんなアホなことがあるわけないやろ。なんぼアホぼんのわたいでもそれぐらいわかるで」

「頭の固いやつだ。ここを見よ」

　穂賢博士は絵の一点を指差した。そこには幸助と似た浪人体《てい》の男が遠ざかっていく後ろ姿が描かれていた。

「これが証拠だ。わかったか」

「なに言うとんねん。たしかにこんなやつはこないだまでおらんかったけど、どうせあんたが描き加えたのやろ。——そうや、医者や！　大坂一の医者を呼んでくるわ」

　お福は立ち上がり、急いで駆け出した。

「ああ、いかん！　医者なんぞに診《み》せてはかえって状況が悪うなる。うーむ……余計なことをするやつだ」

陰陽師は憤然《ふんぜん》としてそう言った。すべての発端は、自分が余計なことをしたからだということを忘れているようだ。

「なんとか上手く厄病神を見つけて、戻ってこれればよいが……」

穂賢博士は絵のなかの幸助をじっと見つめた。

◇

「そうや、医者や！　大坂一の医者を呼んでくるわ」

「ああ、いかん！　医者なんぞに診せては……」

さまよい歩く幸助には、お福たちの声が聞こえていた。天から雨のように降ってくるのだ。

（あいつのことだ。医者を連れてきて、強引に診察させるかもしれぬ。それまでになんとかキチボウシを見つけて絵から出なくては……）

そろそろ足が棒になってきた。なぜかひもじさや喉の渇《かわ》きは感じなかった。本当の身体は絵の外にあるからだろうか。目がぎょろりとした大小のダルマが何百も集まっている一角も通った。ぼろをまとい、歯を剝《む》き、いつまでも空を見上げて笑い続けている寒山《かんざん》と拾得《じっとく》にも出会った。「円相《えんそう》」というのか、太い筆で描かれたただの「○」があふれている場所もあった。どうやら禅画の世界のようだった。

高僧らしき老人が目を閉じて座禅をしていたので、

「あー、ちょっとおききしたいのだが……」

「作麼生《そもさん》！」

「え……？」

「作麼生！」

「ああ、禅問答か……。ええと……いかなるか是《これ》厄病神の居るところ」

「厄病神はおのれの心のなかにあり」

幸助はため息をつき、その場を去った。

しばらく行くと、おびただしい人数の怒号と足音が聞こえてきた。山に囲まれただだっ広い草原のようなところで、槍を持ち、具足をつけ、陣笠をかぶった足軽たちがわめき、叫びながら一斉に走っているのだ。法螺貝《ほらがい》の音が鳴り響き、旗指物《はたさしもの》が無数に揺れている。どうやらここは戦場らしい。火縄銃を撃つ音もする。たなびいているのは火薬の煙のようだ。

しかし、足軽たちの顔はどれもほぼ同じで、眉が下がり、垂れ目で、口ひげをたくわえている。ひとりずつ描き分けようという気はなかったようだ。

（これは合戦の屏風絵《びょうぶえ》だな……）

幸助は合点《がてん》した。大名たちは泰平《たいへい》の時代になると、おのれの先祖が行った有名な合戦を屏風に描かせ、誇りとした。これもおそらくそのひとつだろう。幸助は走っている足軽のひとりの腕を摑んだ。

「こら、離さんか。今忙しかばい」

「これはだれとだれの戦だ」

「徳川方と豊臣方に決まっとるけん」

「あんたはどちら側だ」

「わしは……えーと、どっちだったかな。とにかく急に雇われたんではっきりとはわからんばい……」

頼りなさすぎる。

「あんた、カンコーローというものの場所を知らぬか」

「それも言うならカンコロ餅ばい。おいの故郷の長崎では、芋を使うて作るんばい。久しぶりにカンコロ餅が食いたい……とか言うとる場合じゃなか！　こんなところで止まってたら足軽頭《がしら》の親方に殴られるばーい！」

　そう言うと足軽は行ってしまった。あっという間に幸助のまわりからひとが消え、怒号も足音も遠ざかっていった。幸助は、今の足軽の武運を祈るとまた歩き出した。

　疲労のせいか、次第に頭がぼうっとしてきた。もうどれぐらい歩いたのか、今は昼なのか夜なのか、なにもわからなかった。

（俺はいったいなんのためにこんなことをしているんだったかな。そうだ……キチボウシを助けるためだ……）

　幸助は木の枝を折って杖代わりにし、それにすがって前進した。遠くからせせらぎの音が聞こえてくる。

（そうだ……水を飲もう……）

　水音のする方に向かう。近づくにつれ、大勢が小川の周囲に集まっているのが見えてきた。

（なんだ、こいつらは……）

　そこにいたのは人間ではなかった。ウサギ、カエル、サル、シカ、フクロウ、キツネ……といった動物たちだ。しかも、ウサギもカエルもサルもほぼ同じ身長なのである。

(これは……「鳥獣戯画《ちょうじゅうぎが》」だ……!)

「鳥獣戯画」というのは、鳥羽僧正という高僧が平安期に描いたといわれている絵巻物である。動物たちが相撲をとったり、川遊びをしたり……という絵が洒脱で滑稽《こっけい》な筆致で描かれている。

(そういえば陰陽師は、かつて鳥羽僧正がおのれが描いた絵のなかに入ったまま戻ってこなかった、とか言うていたな……)

だれに話しかければよいか、と幸助がきょろきょろしていると、木の下に祭壇が設けられており、サルが僧衣を着て、読経《どきょう》しているのが目についた。祭壇のうえには本尊になりすましたカエルのようなウサギのような動物が来迎印を結んで座っている。

しかし、よくよく見ればそのヒキガエルのようなウサギのようなものは……。

「あっ、おまえは死神……!」

死神は幸助の方をちらっと見ると、にやりとした。そして、

「ゲッ……ゲッ……ゲッコウ」

とひと鳴きすると、ウサギのように耳が長く、舌を垂らした老人の姿に変じた。

「あんたは絵師だろう。絵のなかにまで入ってくるとは仕事熱心だな」

「厄病神を捜しにきたのだ」

「ああ、業輪《ごうりん》叶井《かのうい》下《げ》桑律斎《くわりつさい》か。あいつはどういうわけか牢屋に封じ込められてしまって、出てこれぬようだ。まあ、日頃の行いの悪さが祟《たた》ったのであろう」

「安倍晴明の末裔という陰陽師がいらぬことをしたのだ。俺は助けにきたのだが、その牢屋の場所を知らぬか」

「知っているよ」

死神はこともなげに言った。

「この道をまっすぐ行ったところにカンコー嶽という高い山がある。それを登っていくと中腹の森の奥にカンコーローという牢屋がある。あいつはそのなかにいるようだ」

「また山登りか……」

幸助はげっそりしたが、カンコーローの場所がわかったのは朗報である。出かけようとすると、さっきから話を聞いていたサルの和尚が、

「疲れているようだな。酒でも飲むか？」

「えっ、あるのか？」

「あるとも」

サルは大きな椀になみなみと入れた酒をどこからか持ってきた。

「すまんな」

幸助はその酒をがぶりとひと口飲み、

「美味い。さっきの墨の酒とは大違いだ」

「美味かろう。これはサル酒だ」

「サル酒……?」

「山の木の実や果実をわしらが口でぐちゃぐちゃ嚙んで、唾とともに吐き出したものを木の洞《うろ》に入れて醸《かも》したものだわい」

それを聞いて幸助は吐きそうになったが、せっかくの好意なので目をつむって残りを飲み干した。たしかに美味いことは美味い。頭がしゃっきりとし、身体が火照《ほて》り、なんとなく元気が出てきた。

「ありがとう。助かった。じゃあ、俺はそのカンコーローとやらに行ってみる」

死神が、

「言っておくが、カンコーローは金の鎖で厳重に縛られているぞ。それは、陰陽師の呪文が具象化したものだ。おいそれとは外れぬだろう」

「知っている。合言葉を唱えぬといけないそうだが、陰陽師がそれを忘れてしまったのだ」

「アホな陰陽師だな」

「俺もそう思う。——そうだ、陰陽師のなかの陰陽師、安倍晴明なら牢を開けられるのではないか？」

「あれはだれかが描いた絵だ。まことの晴明ではないぞ」

「そりゃそうだ」

幸助は死神に礼を言うと、足早にその場を離れた。そろそろ彼がこちらに来てから一昼夜ぐらいは経《た》っていそうである。急がなければ全員この世界に閉じ込められたままになってしまう。教えられたとおりひたすらまっすぐに歩いていくと、道はだんだん急勾配になっていった。右側は森、左側は崖……そのなかを石ころだらけの山道が延々続く。幸助は息切れがしてきた。両脚の痛みもひどい。このまま牢を見つけることができないのではないか……そんな不安が頭をよぎった。

「おーい、キチボウシ！　どこにおるのだ！　俺の声が聞こえたら返事をしろ！」

幸助は声を限りに叫んだ。しかし、なんの反応もない。幸助は路傍《ろぼう》に座り込んだ。

（やはり俺には無理だったか……。家でごろ寝して、お福や亀吉と呑気《のんき》にしていた方がよかったのか……）

急に疲労が襲い掛かってきた。幸助はその場でじっとしてため息をついてばかりいたが、しばらくしてもう一度、声を振り絞ってみた。

「キチボウシ！　俺だ！　おまえを救いにきたのだ！」

耳を澄ますと、どこからか「おーい……おーい……」という声がかすかに聞こえてきた。幸助はあたりを駆けまわり、右手の森のなかに石垣のように石が積み上げられているのを見つけた。近づいてみると、それが牢屋だった。全体に太い、頑丈そうな鎖が幾重《いくえ》にも巻き付けられており、片側に鉄格子がはまり、そこからキチボウシの顔が見えた。

「おお、来てくれたか！　待っておったぞよ。早うこの狭いところから出してくれ。以前はこの絵に閉じ込められただけであったが、今回は孫悟空《そんごくう》ではあるまいし、こんな石牢に入れられて、身動き取れずに往生していたところぞよ」

キチボウシは鉄格子をつかんで揺さぶった。幸助はホッとして脱力しそうになったが、これからが肝心である。

「来たのはよいが、出る術《すべ》がないのだ」

「なに？」

「あの陰陽師によると、人間の魂を絵に入れる方法はわかるが、出す方法がわからないらしい」

「だから陰陽師などという連中はみな大馬鹿者だと我輩は常々言うておったぞよ！」

「とにかくまずはこの鎖を消さねばならぬのだが、その合言葉もあいつは忘れてしまった」

「馬鹿ぞよ。ただの馬鹿野郎ぞよ」

キチボウシは吐き捨てるように言った。

「まあ、そう言うな。おまえのことを話したら、最後には手助けしてくれた。だから、俺がここにいるのだ。——鎖に関する言葉を適当に並べてみろ、と言うていた。やってみよう。——くさりかたびら……！」

なにも起きない。

「違うようだな。くさりがま！　これも違うか。鎖国《さこく》する！　違うな……」

幸助はなおもいろいろそれらしい言葉を口にしてみたが、鎖はびくともしない。キチボウシも考え付く限りの言葉を並べたが、「当たり」はなかった。そのとき、牢屋の奥でごそごそとなにかが動く気配がした。

「だれかなかにいるのか？」

「いいや、我輩だけぞよ」

キチボウシはしれっとしてそう言った。

◇

和三郎は、家主の藤兵衛とともに会所で町奉行所の同心による吟味を受けた。火元なので仕方のないことだが、吟味の最中に、会所の壁に吊るしてあった提灯が落ちてきて後頭部を直撃されたり、出された茶が熱すぎてぷーっと吹き出たらそれが同心の顔にかかって叱られたり、自分の茶を飲もうとすると毛虫が入ってたり……とさんざんだった。

結局、火が出る直前に、毛の焦《こ》げた野良猫が家から飛び出していくのを見た、という通行人の証言があり、行灯のまわりに猫の足跡がついていたこともあって、野良猫の仕業《しわざ》と決着し、ふたりとも「構いなし」になった。相変わらずどぶ板を踏み割ったり、カラスに糞を落とされたりしながら、ようよう帰宅したが、

（そや、無事に解き放ちになったことを絵師の先生に言うとこ……）

しかし、家には幸助の姿はなかった。あの掛け軸も見当たらない。

（陰陽師が掛け軸を欲しがってるとか言うとったさかい、陰陽師のところかもしれんな……）

和三郎はその足で穂賢博士の家に向かった。しかし、一歩足を踏み入れた途端、異常を察《さっ》した。

（な、なんや……）

例の掛け軸が壁に掛けられていて、そのまえに幸助が横たわっている。陰陽師が座して、なにやら唱えごとをしている。

「先生、なにしてまんのや！」

思わず幸助に触ろうとすると、

「これっ、寄るな！　触るでない。今このお方のお身体を動かせば……」

言いかけたとき、和三郎はなにもないところでけつまずいた。身体がひゅうんと宙を飛び、ものすごい速さで絵に激突した。

「ふぎゃあっ」

家が揺れるほど思い切り額をぶつけた和三郎は昏倒《こんとう》し、そのままずるずると崩れ落ちた。

「なんともツイてないお方じゃなあ……」

穂賢博士はしみじみとそう言ったあと、左右に揺れている掛け軸を見て、

「絵はなんともないやろな」

とつぶやいた。

◇

「な、なんだ……？」

立っていられないほど地面が揺れた。幸助は、そこにあった木の幹《みき》にしがみつき、かろうじて転倒を免《まぬが》れた。

「地震ぞよ！」

キチボウシが叫びながらうずくまり、頭を抱《かか》えた。揺れはしばらくして収まったが、木の葉が大量に舞い散っている。

「絵の中でも地震があるとはな……」

幸助が言うとキチボウシが、

「たまに揺れることはあるが、こんな大きなのは我輩もはじめてぞよ」

そのときふと、幸助はすぐ近くにひとりの男が立っているのに気づいた。それは、和三郎だった。

「あ、あんた……どうしてここにいる？」

「さあ……わてにもさっぱりわかりまへんのや。たしか陰陽師の家にいたはずやのに……絵のまえであんたが寝てて、わてがけっつまずいて、でぼちんを思い切り絵にぶつけて……」

幸助は、今の地震はこいつの仕業だったか……と合点した。

「そのあと、自分の身体を自分が見下ろしてるみたいになって、どういうこっちゃ……て思てるうちに、こんなところに来てましたのや。これは夢だすやろか」

「そう……夢だ。あんたは、陰陽師の家で頭を打って気を失って夢を見ている。だから、ここで起きていることは現実《まとも》じゃない。そのつもりでいることだな」

「やっぱり夢だすか。そらそやなあ。牢屋のなかに小さい変な爺さんが見えますのやが、そんなんおるわけないもんな」

「我輩は小さい変な爺さんではないぞよ！」

キチボウシはぷいと横を向いた。

「小さい変な爺さんがしゃべりよる。夢というのはけったいなもんだすなあ」

幸助が和三郎に、

「こいつは瘟鬼《おんき》……いわゆる厄病神だ」

「へー、じつはわても、賭場に行くと『あいつが来たら運が落ちる。厄病神や』て言われとりますのや。けど、本ものを見たのははじめてやなあ」

「俺たちはこの鎖を外したいのだが、上手くいかんのだ。あの陰陽師が、自分で考えた合言葉を忘れてしまった。鎖に関する言葉らしいが、いろいろ試しても『当たり』が出ない。あんたは博打打ちだろう。当てるのは得意のはずだ」

和三郎は悲しそうに笑うと、

「なにを言うとりますのや。あんたも知ってはりますやろ。わては鈍な博打打ちで、丁と張れば半と出る、半と張れば丁と出る。厄病神仲間として助けてあげたいのはやまやまだすけど、家から火ぃまで出してしもて、もう踏んだり蹴ったりや。運のない博打打ちなんかなんの値打ちもないような気がしてな、正直、腐りきってるのや」

そのとき、鎖がカタカタ……と音を立てた。

「おい、今、なんと言った？」

「え？　腐りきってると……」

「それだ！」

幸助は鎖に向かって、

「鎖・切ってる！」

金の太い鎖は小刻みに震えはじめた。幸助が一歩下がると、鎖はみるみる腐食《ふしょく》していき、ついにはボロボロになってしまった。

「鎖が腐りよった！」

和三郎が叫んだと同時に、キチボウシが摑んでいた鉄格子が飴細工《あめざいく》のようにぐんにゃりと曲がった。

「今だ！　早く出ろ！」

幸助の声にキチボウシは恐る恐る石牢から這《は》い出した。

「出られた！　出られたぞよ！　博打打ち、おのしのおかげぞよ！」

キチボウシは腰に手を当てて踊り始めた。幸助は、

「合言葉はダジャレだったか……。あとはどうやってここから出るか、だが……」

「我輩は今は自由に絵に出入りできるが、人間であるおのしたちはどうやったら出られるのかのう……」

そのとき、石牢の奥でなにかが動くような音がした。幸助は身構えて、

「やはりだれかいるみたいだ。キチボウシ、どういうことだ」

キチボウシは震えながら、

「さ、さあ……我輩は知らぬぞよ……」

その言葉が終わるまえに、何百何千という大太鼓を一斉に打ち鳴らしたような凄《すさ》ま

じい音が石牢のなかから鳴り響いた。突風が吹き荒れ、黒雲が分厚く天を閉ざした。雷鳴が轟《とどろ》き、稲妻が走った。そして、牢の奥から全身が青く輝いたひとりの人物が出現した。頭には頭巾《ときん》をいただき、黒い衣を身に着け、象牙《ぞうげ》の笏を持ち、革靴を履《は》いている。

「なにものだ!」

幸助が言うと、その人物は鷹のような目つきで幸助を見据え、

「麻呂《まろ》は従二位右大臣菅原道真の怨霊でおじゃる。安倍晴明なる陰陽師の法力により、長らくこの絵に封じられていたが、今ここに解き放たれたるものなり。いざや……現《うつつ》の世に舞い戻り、雷神として天空駆け巡って、積年の鬱憤《うっぷん》を晴らさん」

低い声でそう言った途端、身体を包んでいた青い光が四方八方に伸びた。あまりのまぶしさに幸助は目がくらんだ。

(そうか……カンコーローというのは菅公牢、菅原道真を封じた牢ということだったのか……)

キチボウシが、

「あやつが飛び立つぞよ! あやつの袴でも帯でもよいから摑むのじゃ!」

幸助はキチボウシをふところに押し込むと、道真の袴の裾を摑んだ。和三郎も革帯

を後ろから摑む。菅原道真はひらりと飛び立ち、巨大な青い球と化した。周囲に竜巻のような風が巻き起こった。幸助はなにがなんだかわからぬまま道真の着物を離すまいと必死だった。和三郎が、

「うわああああ……」

と悲鳴を上げているのが聞こえる。しかし、その悲鳴は幸助自身の口からも出ているのだった。

◇

気が付いたとき、幸助は自分がどこにいるのかわからなかった。あちこちを見渡して、やっとそこが陰陽師の家だと気づいた。和三郎は白目を剝いて仰向けに倒れている。

（そうだ……キチボウシは……）

ふところのなかでもぞもぞ動くものがいる。引っ張り出してみると老人姿のキチボウシだった。

「なんとか戻ってこれたぞよ」

幸助はキチボウシをにらみ、

「おまえ……知っていたな？」

「な、なんのことじゃ」

「あの牢に菅原道真の怨霊がいることを、だ」

「妙な格好をしたやつがひとり閉じ込められていることは気づいていたが、まさか菅原道真だとは知らなかったぞよ」

「嘘をつけ」

キチボウシはしばらく黙っていたが、

「菅原道真とわかったら、あやつを牢から出さぬために我輩を助けてくれぬと思うたぞよ」

「まあ、あいつの力で俺たちも絵から抜け出ることができたわけだがな……」

そう言いながら幸助は、和三郎を揺り動かした。和三郎は目を開け、大欠伸をして、

「ああ、絵師の先生。変な夢見てましたわ。けったいな小さいジジイと天神さんの怨霊が出てきて……」

キチボウシは幸助の後ろに隠れると、ネズミに似た小動物の姿になった。

「なんでかわからんけど、身体の節々《ふしぶし》が痛いなあ。なにがあったんやろ……」

和三郎はぶつぶつ言った。幸助は家のなかを眺《なが》めまわしたが、穂賢博士の姿がどこにもない。

（どういうことだ。ずっと俺の身体を見守っているはずではなかったか……）

するると、

「あ痛たたたたた……痛い痛い……」

呻《うめ》きながら入ってきたのは陰陽師そのひとだった。着物はずたずたに引き裂け、顔や腕、足などに無数の傷があり、血を流している。

「どうしたのだ！」

思わず幸助が言うと、

「おお、絵師殿！　戻ってこられたか！」

「なんとかこのとおりだ。しかし、あんたは……なにがあったのだ」

「わしが絵を見ながら祭文を唱え続けていると、突然、絵のなかから青い光が噴き出した。そして、野分《のわけ》のような大風とともに公家《くげ》のような人物が黒雲に乗って飛び出してきて、凄まじい勢いでどこかに消えてしまった。わしはそやつのとてつもない霊力の直撃を受けて吹っ飛ばされ、浄正橋の橋げたにぶつかったのだ。ああ、ドーマンセーマン……」

「よく命があったな……」

「死んだと思うたが、安倍晴明公のご加護があったのであろう。あの公家風の男、『東風《こち》吹かば匂いおこせよ梅の花あるじなしとて春な忘れそ』と大声で叫びながら宙を飛んでおった。もしかすると、菅原道真の怨霊ではないか?」

「どうもそうらしい。本人がそう名乗っていた。菅公牢というところに入れられていたのを、俺たちが解放してしまったようだ」

「なるほど……道真ならばあのものすごい霊力もうなずけるわい。人間であるおぬしたちを丸抱《まるがか》えにして絵から出てくるほどの力だ。ああ、ドーマンセーマン。――それにしてもたいへんなことになった……」

「天神さんなら俺もたまにお詣《まい》りするぞ。天神さんが外に出てきたのがそれほどえらいことなのか?」

「道真の怨霊は、平将門《たいらのまさかど》、崇徳院《すとくいん》と並ぶ日本三大怨霊のひとつだ。死後もその怒りは収まらず、天神となって天空を駆け巡り、雷を各地に落としまくった。大勢を殺《あや》め、多くの建物を破壊し、ついには御所や帝までも標的とした。道真が大宰府に流されたとき、張本人の藤原時平が、陰陽寮に属する陰陽師たちに依頼して、道真とその一族が没落するように調伏《ちょうぶく》を仕掛けたが、道真の怨霊はそのような呪詛《じゅそ》を吹き飛ばしてしまった。そこで白羽《しらは》の矢が立ったのがわが祖安倍晴明だ。晴明公はちょうど道真の怨霊が京を荒らしまわっていたころに陰陽師として最盛のときを迎えておられた。それゆえ、なんとかこの絵に封ずることができたのだ。しかし、今は晴明公に匹敵《ひってき》する力を持つ陰陽師はひとりもおらぬ。かかる災いのもとを解き放っては、どのようなことが起きるか……それを考えると恐ろしゅうてならぬ」

「なるほど……」

「しかし、不幸中の幸い。絵から抜け出たものは憑代《よりしろ》がないと長くは活動できぬ。絵から遠く離れすぎたり、いつまでも絵のなかに戻らなかったり、絵が破けたり焼失《しょうしつ》したりすると、消滅してしまう。絵に戻ったときを狙うて、封じ込めてしまおう」

「憑代とはなんだ」

「神霊というのはこの世のものではない。それが、この世において活動するには、なにか取り憑くものを要する。それも椀や箸、履きもの、団扇《うちわ》なんぞではいかん。巨岩や大樹や滝や鏡、刀……といった神聖なもので、しかもその神霊とゆかりのある御物もしくは人間に限られる。道真公ゆかりのものなど、おいそれとはあるまい」

そう言われて、幸助はふとなにか引っかかるものを思い出しかけたが、お福旦那が医者の腕を引き、汗だくになって、

「貧乏神、無事かあああっ」

と飛び込んできたのでうやむやになった。

◇

大坂天満宮の禰宜吉岡は、宝物蔵の屋根が妖《あや》しい青い光に覆《おお》われていることに気づいた。

「な、なんやこれは……どういうこっちゃ！」

あわてて鍵を開け、なかに飛び込むと、道真のミイラを入れた木箱の紐《ひも》が勝手にほどけ、蓋が外《はず》れた。そして、天井から青い光輝が滝のように箱のなかに落ち込んでいった。つぎの瞬間、目もくらむような光が箱からほとばしり、

「うわあああっ！」

禰宜はそのあまりの激しさに壁際まで吹き飛ばされた。必死に起き上がったとき、箱のなかから黒い猿のようなものがゆらりと立ち上がった。菅原道真のミイラと称されているものだ。眼窩《がんか》の部分には穴が開き、鼻はもう残っていない。歯は半分ほど抜け落ちているが、残ったものは牙《きば》のように尖っている。あばらが浮き、手足は折れそ

うなほどに細い。そのあと信じられないことが起きた。青い光に包まれたミイラの全身にぶくぶくぶくぶく……と肉がついていき、手も足も壮健《そうけん》そうな太いものになった。顔もふくよかな肉で覆われ、高い鼻も目玉も唇も生々しく再現された。頭には黒々とした髪の毛が生えた。しかも、裸身だったはずなのに、いつのまにか衣冠束帯《いかんそくたい》を身に着けており、立派な公家の姿となった。手には黒い笏を持っている。

「麻呂は菅原道真でおじゃる。存じおるか」

その人物はおごそかな声でそう言った。天満宮の禰宜としてはひれ伏すしかない。

「へへーっ！　存じおるもなにも、道真さまを商売の種にさせていただいておるものでございます。はじめて生身の天神さまから御意《ぎょい》を得ることができ感激しております」

「そちはここの宮司であるか」

「いえ、禰宜でございます」

「さようか。ここはどこじゃ」

「大坂の地でございます。ここは道真公をお祀りする大坂天満宮でございます」

「ほほう、麻呂を祀っておるのか。感心感心。それにしてもわが身体を保存してあったとは感心じゃのう。安倍晴明なる陰陽師に絵のなかに封じ込められていたが、こうして憑代《よりしろ》のミイラと合体することで麻呂は絵から離れ、自在に暴れまわることができる。雷で大坂の地をめちゃくちゃにしてやろう。おまえたちも手伝うように」

「えっ、私が……？」

「当たり前だ。麻呂を祀る神社の禰宜ならば、わが配下ではないか」

「えーと……まあ、そうですけど、あ、あの……道真さま」

「なんじゃ」

「怨霊となられた道真さまはもうさんざん京の町に雷を落として恨みを晴らしたのではございませんか」

「たしかに今は、麻呂を陥れた連中はひとりも生きてはおるまい」

「そうですよそうですよ。おとなしくしていた方が神さまらしいです」

「しかし、何百年も絵に封じられていたのをやっと抜け出せたのじゃ。身体がなまっておるゆえ、少しは動かさぬとな……」

「そんな無茶な……」

「そもそも麻呂の雷はだれかを恨んでのものではない。手当たり次第に落としているだけなのじゃ」

「えーっ！」

吉岡は仰天《ぎょうてん》した。

「でも、清涼殿《せいりょうでん》に雷を落として帝やお公家衆をたくさん殺しましたやろ。ほかにも法隆寺《ほうりゅうじ》とか東大寺、延暦寺《えんりゃくじ》……いろんなお寺に雷を落としてますけど……」

「殺すつもりなどない。雷を落とすのは雷神としての仕事だからやっているのでおじゃる。ある程度は狙うて落とすのじゃが、上手くいったことはほとんどないのう。清涼殿のときも、本当はべつのところに落とすつもりだったが、手もとがそれてな……」

「ほんまかいな……」

「考えてもみよ。雷というのは高いところに落ちるものじゃ。御所や寺の塔はその界《かい》隈《わい》ではもっとも高い建物ゆえ、たまたまそこに落ちた、というだけでおじゃる。麻呂は雷神《らいじん》ゆえ、雷を発することはできるが、ここと狙うて落とすすべはない」

「では、道真さまの雷はむしゃくしゃを発散しているだけですか」

「まあ、そういうことじゃ」

「大坂で高いところいうたら、四天王寺さんの五重塔か大坂城か……えらいこっちゃなあ」

「しかし、雷というのはつねに高いところに落ちるとはかぎらぬぞ。その界隈でもっともツキのない場所に落ちるのじゃ」

「うわー、桑原桑原《くわばらくわばら》」

吉岡は額《ひたい》に手を当てた。

「では、ひと仕事してまいる。菅原道真は、鬱憤《うっぷん》晴らしに、いざ行かん」

途端に黒雲が上空を覆い、ぬるま湯のように生暖かい風が吹き始めた。風は次第に激しくなり、突風となって木々を揺らした。頃合いはよし、とばかりに道真が笏をひと振りすると、青い光がその身体を包み、輝く球となって宝物蔵から「ばすん！」と飛び出した。あとを追って外に出た禰宜は、青い球がはるか東の方角にものすごい速度で飛んでいくのを見た。

「えらいことになった。どうしたもんやろ。どうしたもんやろ。そや……こういうときは酒をがぶ飲みして寝よ。それしかない」

禰宜はなんどもうなずいた。

◇

「あんた、ようもまあ命があったもんやなあ……」

幸助を手当てするために呼ばれた医者は、穂賢博士を手当てすることになった。お福が憮然《ぶぜん》として、

「どえらい病やと思て、大坂一と評判の名医を連れてきたさかい遅うなってしもたんや。心配して損したわ」

医者は、

「こないに全身傷だらけのひと、はじめて見た。まあ、これだけ薬を塗りたくっとけば大丈夫やろ。――それにしても、なんでこんな目に遭《お》うたんや？」

陰陽師は、

「まあ、いろいろおまして……」

と言葉を濁《にご》した。お大事に、と医者が帰ったあと、お福が不審《ふしん》そうに、

「あんたら、なにかわたいに隠してないか？　陰陽師が、貧乏神が寝たまま目を覚まさん、て言うさかい、あわてて医者を呼びに行って、帰ってきたら幸助はなんともない。代わりに陰陽師が大怪我してるやなんて……」

「隠しているわけではないが、言うても信じるまい」

「ええから言うてみ。わたいはこう見えても、たいがいのことは信じる性格なんや」

「菅原道真公の怨霊が復活して……」

「だれが信じるのや、そんな話」

　幸助が、

「そりゃあそうなるわな」

　穂賢博士が、

「おかしいのう。そろそろ絵に戻ってきてもよいはずだが……。なにか憑代が見つかったのかもしれぬ」

　幸助は、

「おい……ミイラというのは憑代になるのか?」

「もちろんだ。もっともよい憑代と言うてよかろう」

「しまった……」

　そのとき、空の様子を見ていた和三郎が、

「なんやいつのまにか黒い雲が出てまっせ。昼間やのにまるで夜みたいや」

　お福が、

「そう言えば、わたいが来るときも、つむじ風みたいな変な風が吹いてたなあ……。あ、光った。雷や。あっちにも……ああ、こっちにも」

　突然、広範囲で立て続けに落雷が始まった。そのたびに地面が大きく揺れ、凄まじい音が轟き、半鐘が打ち鳴らされ、遠くで火の手が見える。

幸助は表へ走り出た。お福もあとを追ってきた。

「どこに行くのや！」

「天満宮だ」

それだけ言うと幸助は天満を目指した。和三郎もついてくる。雷鳴の響き渡るなか、三人は必死に走った。そのあいだも落雷は途切れなく続いている。ようやく天満宮に着いたのは四半刻ほどのちだった。お福はへたり込んでしまったが、幸助はだれかいないかと境内《けいだい》を探した。神主たちの住まいになっているらしい長屋の一室から歌が聞こえてきた。

「天神さんは雷親父。今日も雷、明日も雷。あらよいしょ、こらしょ、どっこいしょ……」

わけのわからない歌で、明らかに酔っぱらっている。なかに入ると、禰宜らしき男が板の間に座り、へべれけになっていた。幸助は男の肩を摑み、

「おい……あんた、菅原道真公のことでなにか知らないか」

「知ってるでー。というか、あんた、だれや」

「俺は絵師の葛幸助だ」

禰宜は酔眼《すいがん》で幸助の風体《ふうてい》をじろじろ見ると、

「あんた、もしかしたら貧乏神とちがうか」

「当たりだ」

「やっぱり！　弘法堂の丁稚が言うてたとおりや」

「そんなことより、菅原道真公の……」

「出ていった」

「え……？」

「長いあいだ絵に閉じ込められてたのがやっと出ることができて、鬱憤晴らしに雷落とす、ゆうてな。その雷も、ほんまは狙うて落としてるのやない、そのあたりにある一番高いところに勝手に落ちてるだけらしい。たぶんお城か四天王寺の五重塔が危ないな。それと、いちばんツキのないやつのところに落ちる、て言うとったわ。めちゃくちゃなおっさんや。あはははは……」

そこに遅れて入ってきた和三郎は、戸口のところで落ちていたチリトリに足を取られて、ひっくり返った。それを見た幸助は、

（これだ……）

と手を打った。

◇

黒雲に乗った菅原道真はぐんぐん上昇していった。大坂の町が箱庭のように見える。

「ほほう、絶景でおじゃるのう、ほえほえ……」

空のうえを縦横《じゅうおう》に飛び交いながら、気ままに雷を落としまくる。手をまえに向け、気合いを込めると、手のひらから雷が飛ぶのだ。細いもの、太いもの、まぶしいもの、鋭いもの……自由自在である。

「わっはは、爽快《そうかい》でおじゃる。久しぶりに雷を放つのは気分が良いのう」

ひとびとが大騒ぎしながら逃げ惑《まど》っている。およそ一刻ほども雷をほとばしらせていた道真だが、次第に疲れてきた。それはそうだろう。なにしろおよそ八百五十年ぶりに牢から出るや、いきなり空を飛んで暴れまわっているのだ。

「さっきの神社に戻り、憑代から離れてしばし休養するとしよう。だが、そのまえに、雷をまとめて一カ所に落としてやろう。派手にぶっ放して、大坂人の度肝《どぎも》を抜き、雷神道真これにありというのを見せつけてやるのじゃ」

道真は小手をかざしてあちこちに見回していたが、

「うむ、あそこがよかろう。どうやら城のようじゃが、平安京にはあのようなものはなかったのう」

道真が目をつけたのは大坂城だった。天守閣こそなかったが、大坂の中心にそびえたつその威容《いよう》は周囲を圧していた。黒雲の高度を下げていくにつれ、満々たる水をたたえた堀、巨石を重ねた石垣、本丸、二の丸、三の丸、西の丸、三重櫓《やぐら》、多聞櫓などが見えてきた。

「これじゃ。これをぶち壊したらさぞかし胸がすくことであろう。まあ、上手くいくかどうかはわからぬが……」

道真は全身の力を手の先に集中させ、

「雷よ、あの城に落ちよ！　はあーっ！」

うえに上げた腕を振り下ろしたが、

「しまった、あれに見えるは梅林ではないか！」

梅の木は道真がもっとも愛してやまぬものだった。それをみずから破壊してしまうのは忍びなかった。道真はぎりぎりのところで腕の向きを変えた。おかげで雷はあさっての方向に発射されたが、そのことで体勢を崩した道真は足を滑《すべ》らせ、雲から墜落《ついらく》した。

◇

空全体が大きく明滅《めいめつ》した。ごう、と風が吹いた。幸助と和三郎は大坂城の大手前に陣取っていた。お福は疲労のあまり、天満宮で待っている。幸助が手に汗を握り、

「来るぞ、来るぞ、来るぞ……」

とてつもなく巨大な火球のような雷が天空を裂いた。それまでとは比べられないほどの大きさだった。大坂城の曲輪《くるわ》に落ちるものと思われたが、その雷はなぜか途中で向きをカクンと変え、和三郎のすぐ後ろにあった外堀に落ちた。地面が鳴動《めいどう》し、樹木がへし折れ、凄まじい水柱が上がった。和三郎は爆風で吹き飛ばされ、大きく宙を飛んだ。近くにあった同心屋敷の壁に激突して、地面に倒れた。

しかし、それだけだった。和三郎以外、だれひとり犠牲になったものはいなかった。幸助は松の木にしがみついて、なんとか立っていた。和三郎は必死に起き上がろうとしている。だが、本当の不幸はそのつぎに起きた。空からなにかが降ってきて、和三郎の身体にぶち当たったのだ。

「うぎゃん！」

和三郎は目を回した。落ちてきたのは菅原道真だった。道真は腰をさすりながら、

「ううむ……しくじったでおじゃる。梅に気を取られて、あらぬ方に雷を放ったうえに、雲から滑り落ちてしもうた。ああ……痛い痛い……」

歩けない様子である。

「む……麻呂の下にだれか寝ておるのう。よほどツキのない御仁でおじゃる」

幸助は道真にゆっくり近づくと、

「城《あづち》に盈《み》ち、郭《くるわ》に溢《あふ》れて、幾ばくの梅花ぞ……」

道真は顔を上げ、

「わが生涯最期《さいご》の詩を吟ずるものは誰《た》ぞ」

「だれでもない。ただの貧乏絵師だ」

「なにゆえ麻呂の詩を知っておる」

「あんたは自分が思っているよりはるかに有名なのだ。あんたは自分がなにものだと思うている」

「雷神だ。雷を落とすのがわが職務……」

「ちがう。たしかにあんたは天満大自在天神の神号を賜《たまわ》って雷神になり、天満宮に祀られた。だが、それだけではない。漢詩の天才であり、和歌でも知られ、学問の神、

書道や文道の神、武芸の神、厄除けの神、芸能の神、農耕の神でもある。大勢に崇《あが》められ、日本各地の天満宮に祀られている。今ではあんたのことを悪く言うものはひとりもいない。もう雷を落として暴れる必要はないのではないか？」

「ほほう……そんなことになっておるのか」

興味深そうに道真は言った。

「腹立ちまぎれに雷を落としまくったがために雷神とされてしまい、絵に封じ込められたが、麻呂の本業である学問や詩、書道などについてもありがたい評価がなされておるようじゃな。なんともうれしいことでおじゃる」

道真は涙ぐんだ。

「あんたが残した詩のかずかずは『菅家文集』『菅家後集』という二冊の書にまとめられ、今でも親しまれているよ」

「まことか！　わが詩業が死後何百年も残っているとは信じられぬ」

「では、おとなしくしてもらえるか」

「うむ。麻呂も皆にそれほど慕《した》われているなら、またぞろ暴れて嫌われるのは損でおじゃる。神さまとして天満宮で祀られ、賽銭《さいせん》の勘定《かんじょう》などしていよう。しかし、いつまでもミイラに取り憑いているのも、あの安倍晴明の絵に入るのも嫌じゃ。おまえが絵師なら、わが肖像を描いてはくれぬか」

「かまわぬよ」

幸助は、気絶したままの和三郎を背負い、道真とともに天満宮に向かった。すっかり空は晴れ、夕陽《ゆうひ》が美しかった。幸助は妙な気分だった。

(菅原道真と同道して大坂の道を歩いた、などと言ってもだれも信じるまい……)

ふたりは天満宮の鳥居をくぐった。待ち構えていた禰宜の吉岡が幸助に、

「わあっ、帰ってきた。そちらのお方は気を失ってはりますのか。それで、天神……いや、道真さまは……?」

「ここにおるぞ」

道真が入ってきたので禰宜は血相を変えて数歩後ずさりした。幸助が、

「心配いらぬ。道真公はもう暴れたりはせぬそうだ。こちらに厄介になると言うておられる」

「それはありがたい。私どももうかり、いや、お祀りのし甲斐がございます」

幸助が禰宜に、

「お福はどうした?」

「あのお方なら、あんたらが出ていってからすぐに、怪我して帰ってきたらえらいこ

とやさかい、大坂一の名医を連れてくる、ゆうて飛び出していきはりました。もうじき戻ってきなはるやろ」

「そうか、ではそのあいだにやっつけるか」

「なにをだす？」

「道真公の肖像を描くのだ」

「えっ、それやったらもっと名高い絵師の先生に頼みたいなあ……」

道真が、

「麻呂は、このものに頼みたいのだ。口を出すでない！」

「へへーっ」

幸助は、禰宜に頼んで紙や絵の道具を貸してもらうと、道真をまえに座らせ、さらさらと描いた。

「これでどうだ」

「なに？　もうできたのか？　麻呂がかつて肖像を描《えが》いてもろうたときは何カ月もかかったぞ」

「まあ、見てくれ」

道真は幸助が描いた絵を見ていたが、

「これが麻呂か？　まるで、子どもの戯《ざ》れ絵のようではないか。色も適当だし、もう少し豪華に金箔《きんぱく》など貼ったらどうだ」

「それでいいのだ」

「ふーむ……」

　そのうちに道真はにやりとし、

「なるほど。たしかにこれは麻呂でおじゃる。よう見ると、これまでに描かれたどの絵よりも麻呂にそっくりじゃ。ここに散り敷いておるのは梅の花か？　これだけの線であっという間に描き上げるとは、おまえは名人だのう」

「はははは……俺は名人ではないが、ついさっきまで絵のなかにいたのだから、これぐらい描けてあたりまえだ」

「ならば、麻呂はこの絵に入るといたそう。禰宜、わがミイラは大切に置いておけよ」

「へへーっ、元通り、箱に入れて、安置させていただきますのでご安堵を……」

　そのとき幸助が道真に、

「あ、そのまえにひとつだけ頼みがあるのだ。聞いてくれぬか」

「なんでおじゃる」

「あんたは学問の神さまだろう。それについて、俺の友が困っているのだ……」

話を聞いた道真は、

「わかった。たやすいことでおじゃる。麻呂に任せておけ」

そして、

「善哉《よきかな》、善哉……」

と言いながらまだ絵の具も乾いていない絵のなかに入り、ぴたりと収まった。その顔は幸助が描いたものよりこころもちニタッとしているように見えた。あとに残ったのはミイラである。禰宜の吉岡はそれを大事そうに木箱に入れ、宝物蔵に持っていった。そこに、医者を連れてお福が戻ってきた。

「わたいは今回、医者を引っ張ってあちこち駆けまわってるだけやないか。ほんま、損な役どころやで」

お福はぶつぶつ言った。

◇

西新塾と羆舎の学問勝負は中止になった。東西の大坂町奉行と大坂城代が三人とも、

同じ夜に同じ夢を見たのだそうだ。学問の神である菅原道真が夢枕に立ち、

「学問を金儲けの道具にしてはならぬ。また、すべてのものが等しく教育を受けねばならぬ。武士や公家の子も百姓、町人の子も、貧窮した家のものも金持ちの子もその機会は同じであるべきだ。寺子屋同士が争ってその片方が事業を独り占めするなどもってのほかである」

城代と町奉行たちは、翌日の大坂城での寄り合いのとき、互いの見た夢が寸分違《たが》わぬことに驚き、これは天神さんがお怒りにちがいない、昨夜の大手前への大落雷もそのせいか、と早速天満宮に詣でて不徳を詫び、西新塾の代表を呼んで叱りつけた。こうして、西新塾が罷舎の土地を買収する計画は取りやめになった。

喜んだのは姫隈である。これも天神さんのおかげだ、と幸助のところに来て、

「寺子屋に掛けたいから、道真公の絵像を描いてくれぬか」

と言う。

「なんだ、またか」

「またかとはどういう意味だ？」

「いや……なんでもない。もちろん引き受ける」

幸助はにやりとした。姫隈は壁に掲げられた安倍晴明の絵をちらと見て、

「わしにはその善し悪しはさっぱりわからぬが、絵というのは面白いものだな。これだけの小さな紙にすぎぬが、その実、絵のなかにはものすごく広い広い世界が広がっているのだろうな」

幸助は姫隈の肩を叩き、

「よくわかっているな。そのとおりだ」

そう言ってうなずいた。

後年、大坂天満宮は、大塩平八郎《おおしおへいはちろう》の乱でまる焼けになった。幸助が描いた絵がどうなったかはだれも知らない。

この作品は徳間文庫のために書下されました。

徳間文庫

貧乏神あんど福の神

死神さんいらっしゃい

2025年2月15日　初刷

著者　田《た》中《なか》啓《ひろ》文《ふみ》

発行者　小宮英行

発行所　株式会社徳間書店

東京都品川区上大崎三―一―一
目黒セントラルスクエア　〒141―8202

電話　編集〇三(五四〇三)四三四九
販売〇四九(二九三)五五二一

振替　〇〇一四〇―〇―四四三九二

印刷
製本　株式会社広済堂ネクスト

ISBN978-4-19-894959-4　(乱丁、落丁本はお取りかえいたします)